十津川警部捜査行　車窓に流れる殺意の風景／目次

十津川警部捜査行
車窓に流れる殺意の風景

臨時特急を追え

1

国鉄総裁秘書の北野《きたの》は、休みの日にテレビを見ていて、急に不快な表情になった。

今年の運勢というタイトルの一時間番組で、男女三人の占師《うらないし》が、政治、社会、スポーツなどの部門の今年の吉凶を占うというものだった。

三人とも、本なども出している著名な占師である。最初の中《うち》、北野は、楽しんで見ていた。プロ野球は、セ、パどこが優勝するか、大相撲で誰が次の横綱になるかという占いは、結構、楽しかった。

社会問題になって、今年は、どんな事件が起きるだろうかという問題になった。

グリコ事件のようなものが、また、起きるだろうという言葉もあった。北野も、この情報化社会では、ああした形の犯罪が、また起きてもおかしくはないと思っていたから、肯《うなず》きながら見ていた。

永井不二子《ながいふじこ》という女性占師の番になった。

自《みずか》ら、霊感の強さを主張する四十代の女性である。

過去の経歴がはっきりしない女性で、自分では昔の華族の出身といっている。嘘かも知れないが、不二子の霊感は良く当るという評判だった。

アメリカのスペースシャトルの事故も予言していたというし、フィリッピンの政権交代も適中させたといわれている。本当に適中させたのかどうか、北野は調べたこともなかったが、彼女が出した何冊かの本は、全てベストセラーになり、政治家や、財界人の中にも、彼女の信者は多いと聞いていた。

その永井不二子が、司会役のアナウンサーの質問に答えて、こういったのである。

「他の二人の方が、いろいろと予言されましたけど、どれも、大まかな予言ですわね。年内に地震があるだろうとか、世界のどこかで航空機事故があるとかね。何月何日に、どの程度の地震や、航空機事故があるのか不明ですわ。私までが同じような予言をしても、視聴者の方は面白くないと思いますのよ。それで、私がもっと細かな予言を致しますわ」

「それは面白いですね。どんな予言ですか？」

「五月上旬に、恐しいことですけど、列車事故が起きますわ」

「本当ですか？　五月上旬というと、あと一ヶ月もありませんが」

半信半疑の顔で、司会役のアナウンサーがきいた。

「わかっていますわ。私も、正直いって、こんな予言はしたくありませんよ。でも、見えるんです」

不二子は、うすく眼を閉じて、やや、甲高《かんだか》い声を出した。

「見えるって、何がですか？」

「血まみれになった沢山《たくさん》の人たちの姿がですよ。列車が脱線して、負傷した人たちが呻《うめ》き声をあげて苦しんでいるわ。それが、私の眼には、はっきり見えるんですよ」

「場所もわかりますか？」

「ぼんやりとですけどね。西の方じゃありませんわ。東京から見て、北の方ね」

「五月上旬といえば、四月二十九日から始まる連休の間に、事故が起きる、ということですか？」

「かも知れませんね。まだ、私にも、正確な日時はわかりませんの」

「しかし、永井先生、鉄道の大惨事というと、これは容易ならぬことですよ」

「ええ。わかっていますわ。だから、私は、怖《こわ》いことですけど申しあげたんですよ。何とかして、この惨事が防げないものかと思いましてね」

「間違いなく、起きるんですか？　私は、まだ半信半疑なんですが」

「私は、スペースシャトルの事故を予言しましたわ。フィリッピンの政変もね。ちゃんと、その通りになったじゃありませんか？」

「それは、そうなんですが——」

「私が、今、申し上げたことは、必ずその通りになりますわ」

「もし、正確な日時がわかったら、もう一度、このテレビに出演して頂けますか？」

「ええ。もちろん、出たいと思いますよ。そして、皆さんに注意したいと思っていますわ」

と、不二子はいった。

北野は、聞いていて、自然に眉をひそめていた。

国鉄は、今、難しい時期にある。少しでも利用者を増《ふ》やしたい。そんな時に、永井不二子の発言は、まるで営業妨害に等《ひと》しかったからである。

2

翌日、出勤すると、この番組のことが話題になった。

総裁は運輸大臣に呼ばれ、出かけてしまったが、局長連中の中には、永井不二子と昨日の番組を放映した中央テレビに、抗議すべきだという者もいた。

「前に、富士山が今年中に爆発するといった男がいたじゃないか。そのために観光客が来なくなったといって、山麓《さんろく》の市町村が抗議したことがある。永井不二子の発言は、それと同じだよ。いや、もっと悪質じゃないかね」

「しかし、まだ、実害が出ていないからね。抗議するとしても、その前に永井不二子に会って、あの発言の真意をただした方がよくはないかね。中央テレビの意見もだ」

と、いう局長もいた。

結局、北野がその役目を仰《おお》せつかった。

北野は、まず、中央テレビに行き、あの番組のプロデューサーに会った。

田口《たぐち》という四十歳前後の若いプロデューサーだった。

「実は、あの発言には、僕も驚いているんですよ」

と、田口は外人みたいに大きく肩をすくめて見せた。

「それは、どういうことなんですか？」

「あの放送ですがね。だいたいのシナリオが出来ていて、どの先生が、どんな予言をするか、決っていたんですよ。永井先生には、社会問題として、今年は女性にとってどんな年になるかを喋《しゃべ》って貰うことになってたんですがねえ。突然、あんな話をしたんで、われわれもびっくりしたんです」

「あれは、録画でしたね？」

「そうです」

「もう一度、撮《と》り直すことは考えなかったんですか？」

「考えましたがね。永井先生は、絶対に五月上旬に鉄道事故がある。それを警告したいんだといわれたんですよ。それに、このまま放送した方が反響が大きいと判断したわけです」

「プロデューサーのあなたは、本当に予言どおりに事故が起きると、思っているんですか？」

北野がきくと、田口は当惑した顔になって、

「正直にいって、わかりませんね。しかし、永井先生の占いはよく当るので、評判なんです」

「しかし、一ヶ月先の事件を本当に予言できると、思っているんですか？」

「それは考え方でしょう。普通に考えれば、人間に未来は予見できない。私なんか、明日のことだってわかりませんよ。しかし、世の中には、霊感の強い人もいると思うんです。彼女は、特に強いんじゃありませんか。無下《むげ》に、それを否定することもないと思うんですがね」

「しかし、明らかに営業妨害ですよ。国鉄にとって、連休は稼《かせ》ぎ時ですからね。あの番組を見た人たちが、怖がって国鉄に乗らなくなったら、大変な減収になってしまいますよ」

「そういわれれば、そうかも知れませんが、表現の自由の問題もありますしね。それ

に、永井先生は、絶対に予言通りに事件が起きると主張していますしね。嘘をついていないんだから、そのまま放送して欲しいと、いわれるもんですからね」

「彼女は、また、テレビに出演するんですか？」

「われわれも、こうした放送をやった手前もありますからね。もし、事故の起きる日時がはっきりしたら、もう一度、出演して貰うことにしています」

「もし、何も起きなかったら、どうする積りですか？」

北野が、相手を見すえるようにしてきいた。北野にも、国鉄を背負って来たのだという自負と責任がある。

田口は、軽い狼狽《ろうばい》の色を見せた。が、すぐ立ち直って、

「われわれは、ただ、事実を放送しているだけですからね。それについて、いちいち、責任問題をいわれても困りますな」

「少し無責任ですね」

「テレビでトーク番組をやった。その中の一人の発言について、テレビ局がいちいち責任を問われてしまうなら、何も出来なくなりますよ」

と、田口は開き直りのようないい方をしてから、

「われわれより、むしろ当人の永井先生に会われて、本当に事故が起きるかどうか、お聞きになったらどうですか」

と、いった。

3

北野は、三鷹《みたか》に住む永井不二子の家を訪ねることになった。

三鷹駅を降りたところの煙草屋でマイルドセブンを買ってからきくと、永井不二子の家は有名らしく、

「この商店街を抜けると、すぐわかりますよ。変な家だから」

と、教えてくれた。

変な家というのは本当だった。積木細工を思わせる家の屋根に、なぜか、大きな丸い鏡がのっている。直径一メートルぐらいの鏡が、西陽《にしび》を反射してきらきら光っていた。

テレビには、純白のドレスに王冠をかぶって出演していたが、自宅では和服であった。

能衣裳のような派手な模様の着物である。若いお手伝いが、北野を奥の座敷に案内してくれた。

テレビ局の田口プロデューサーも先生と呼んでいたが、自宅でも、お手伝いに先生

と呼ばせていた。

不二子は、北野の差し出した名刺を見ても、別に驚いた表情も見せず、

「ああ、鉄道の方」

と、いっただけである。

「先日のテレビの発言は、どういうことなんですか？」

北野は、自然に切り口上になっていた。

「テレビ？　ああ、国鉄で事故が起きるということ？」

「そうです。あんな無責任なことを公器であるテレビで話すというのは、われわれ、国鉄にとっては営業妨害ですよ。あなたが反省して、あの発言を訂正して謝罪して頂けないと、告訴《こくそ》することになるかも知れませんよ」

「私を脅《おど》かすの？」

不二子は、眼鏡の奥から、じろりと北野を睨《にら》み返した。

「告訴するというのは嘘じゃありませんよ」

と、北野はいった。

「なぜ、私が告訴されなきゃならないのかしら？　本当のことをいったのに」

「なぜ、本当のことなんですか？　まだ、起きてもいないんですよ」

「でも、本当に事故は起きるのよ」

「それが、見えるというんですか？」

「そうだわ。脱線して、転覆している列車と、血まみれになって、呻き声をあげている人たちが見えるのよ。私はね、前にもアメリカのスペースシャトルが、発射してすぐ、大爆発するのが見えたわ。いろんな人にいったんだけど、誰も信用しなかったわ。それでも、私は、黙っていられなかったのよ。そうでしょう？　私には、スペースシャトルが爆発するのが、わかっているんですものね。黙っていられないわ。それで、お友だちに相談したのよ。アメリカの大統領に手紙を書きたいって。でも、お友だちは反対したわ。そんな手紙を出したって、向うは信用しない。それどころか、読みもしないだろうってね。それで、出すのを止《や》めたの。でも、今になったら、あの時、大統領宛《あて》に手紙を出しておけばよかったと思うわ。それと同じなのよ」

「どう同じなんですか？」

「あの時、黙っていようかとも思ったわ。当り障《さわ》りのないことをいって、お茶を濁《にご》したって良かったのよ。今年は一層離婚が増えるだろうとか、女性の外交官がアメリカ大使になるとかね。でも、あの光景も見えたのよ。どうしても、警告しないわけには、いかなかったわ。あと一ヶ月足らずの間に大惨事が起こるとわかっていて、黙っているわけにはいかなかったのよ」

「ちょっと、待ってくれませんか」

と、北野は能弁な不二子の言葉をさえぎった。

「何を?」

「そんな大事故が起こるとは思えませんね。われわれは、絶対にどんな小さな事故も起こすまいと、日夜、努力しているんです。それでも、五月上旬に事故が起きるというんですか?」

「ええ。間違いないわ」

「もし、起きなかったら、どうします? 責任をとりますか?」

「責任って?」

「あなたは、テレビであれだけのことをいったんですよ。冗談じゃすまない。だから、責任をとるのかどうか、聞いているんですよ」

「それ、私の予言が間違っていたらということでしょう?」

「そうです」

「それなら、責任をとるも何もないわ。間違いなく、五月上旬に事故が起きるんだから」

4

北野は国鉄本社に戻ると、局長たちに、ありのままを報告した。

すぐ、告訴すべきだという局長と、告訴したらかえって人々の注目を集めてしまう。放っておけば、ゴールデンウイークに入る頃には、永井不二子の予言など忘れてしまうだろうという局長とに、意見は分れた。

しかし、三日後に、永井不二子は、今度は週刊誌に同じことを発表した。

週刊「パラダイス」という、発行部数六十万部の雑誌だった。

見出しもセンセーショナルになっている。

〈ゴールデンウイークが危い！

永井不二子が、鉄道大惨事を予言！　注意せよ！〉

テレビの時は五月の上旬といっていたが、今度はゴールデンウイークの最中となっていた。

「これで、確実に何パーセントか客が減るよ」

と、局長の一人は腹立たしげにいった。

「もし、事故が起きなければ、彼女は責任をとるといっていましたが」

北野がいうと、局長は舌打ちして、

「あとで責任をとって貰っても、何にもならんよ。ゴールデンウイークの稼ぎ時に、客が減ってしまうんだからね」

と、いった。

その通りだった。あとで永井不二子に謝《あやま》って貰っても、仕方がない。

北野は、週刊「パラダイス」の出版社へも行ってみた。しかし、そこで聞かされたのは、中央テレビで聞かされたのと同じ言葉だった。

表現の自由について、文句をいわれても困る。これは警告の意味でのせたのだ。そんな言葉だった。

北野としても、一応、文句をいっただけで、引《ひ》き退《さ》がるより仕方がなかった。

北野は、その帰り道、ふと、警視庁に寄ってみた。

前に、列車内で起きた事件で世話になった、捜査一課の十津川《とつがわ》警部のことを思い出したからである。

幸い、十津川は部屋にいて、北野を庁内の喫茶室へ案内した。

北野が、コーヒーを口に運んでから、

「今日は、相談したいことがあって来たんですよ」

と、いうと、十津川は微笑して、

「例の女の占師のことですね？」

「そうなんです。正直いって、困っています。まだ、ゴールデンウイークの切符が売れ残っているんです。特に東京から北の方面の切符がです」

「そんなに、あの女占師の言葉を、人々は信じるんですかねえ」

「占師の力というより、マスコミの力だと、僕は思っているんです」

と、北野はいった。

「北野さんは、彼女に会われたんですか？」

「会いました」

「印象はどうでした？　うさん臭く見えましたか？」

「うさん臭いには違いないんですが、本当に事故が見えているようないい方をするんですよ。それに、何といっても、スペースシャトルの事故やフィリッピンの政変を予言した実績がありますからね。それをマスコミが増幅したんですから、信じる者がいても、不思議はないんです」

「もし、事故が起きなかったら――？」

「彼女は、責任をとるといっています」

「責任をね」

「それで、どうしたらいいか、困っているんです。国鉄にとっては、今が正念場でしてね。今もいったように、ゴールデンウイークの指定席は売り切れていなくてはいけないんです。それが、東北、上信越方面は売れ残ってしまっています。ゴールデンウイークが終ってから、責任をとって貰っても、仕方がないんです」

「それは、わかりますね」

「といって、告訴しても、話を大きくするだけのことだという気がするんですよ。何とかなりませんか」

「国鉄としては、どうして欲しいわけですか？」

「出来れば、彼女がテレビに出て、あの予言はでたらめだったといってくれれば、いいんですがね。彼女は、絶対に事故は起きるといって、聞かないんですよ。それどころか、週刊誌にまで発表し、恐怖をあおっているんです。何かの罪で、逮捕というわけにはいかないでしょうね？」

「難しいですね」

と、十津川はいってから、ちょっと考えていたが、

「永井不二子という占師は、本当に霊感があるんですか？」

「今もいったように、スペースシャトルの事故を予言したといいますし、フィリッピ

ンの政変も適中させたということですから」

「それ、本当ですかね」

と、十津川は笑った。

「本当だと思うんですが？」

「私はね、北野さん。そういう話は、あまり信用しないんですよ。前にも、飛行機事故を予言して、適中させたという易者に会ったことがありましたがね。くわしく調べてみると、その易者は、年頭に、『今年は、大きな交通事故がある』といっただけだったんですよ。それが、いつの間にか、航空機事故を予言したことになってしまっていたんです」

「彼女の場合も同じだと思いますか？」

「わかりませんがね。私は、予言というのは信じないんですよ」

と、十津川はいった。

予言というより、超能力といったものを、十津川は信じないといった方が、いいかも知れない。ある意味で、刑事としての捜査と相入れないものがあるからだろう。

「もし、彼女の占師としての業績がインチキだったら、脅してあの予言を取り消させることが出来ますね」

北野が、きらりと眼を光らせた。

「そうです。それを調べてみたらどうですか。私も、時間の余裕があれば調べてみますが」

と、十津川は励《はげ》ますようにいった。

5

十津川は、自分が動けないので、最近、捜査一課に配属された北条早苗《ほうじょうさなえ》刑事に、永井不二子のことを調べさせることにした。

彼女が適任だと思ったのは、男の刑事たちが、十津川自身も含めてだが、頭から永井不二子のような占師をインチキと決めてかかる傾向があるからだった。

その点、女の北条早苗は、冷静に見てくれるだろうという期待があった。少くとも、頭から、インチキと決めてしまうことはないだろう。

十津川が、永井不二子のことを話すと、早苗は興味津々《しんしん》という顔で聞いていた。

「君は、占いを信じるかね？」

と、十津川はきいてみた。

早苗は、にこにこしながら、

「占いは信じませんけど、女性の直観力は信じるんです」

「男の直観力は、信じないのかね？」

「私は、こう思っているんです。神様は公平で、男性には優《すぐ》れた体力を与えた代りに、女性には優れた直観力を与えたんですわ」

「すると、君は、永井不二子は素晴らしい霊能力を持っていると思うのかね？」

「霊能力というのは、よくわかりませんけど、直観力は優れている女性かも知れませんわ」

「まあ、いい。最初から否定する立場で調べるより、一応、力があると肯定する立場で調べた方が、真実に近づけると思うからね」

と、十津川はいった。

肯定するよりも、否定する方が、物事を厳《きび》しく見てしまうと思ったからである。

そのあと、十津川は、池袋で起きた強盗事件捜査の指揮をとることになったこともあるが、北条早苗には、何もいわずに委《まか》せておいた。

二日後に強盗事件が解決した時点で、十津川は北条早苗を呼び、どんな具合か聞いてみた。

「まず、永井不二子の印象を聞きたいね」

十津川が興味を持ってきくと、早苗は、

「実は、まだ、彼女に会っておりません」

「外国へ行ってるのかね？」

「いいえ。東京にいますけど、私は彼女に会う前に、彼女の周辺を調べてみたんです」

「なるほどね。それで、どんなことがわかったのかね？」

「面白いというのか、不思議というのか」

と、早苗は笑ってから、

「中央テレビと週刊『パラダイス』に行って来ました。そこで聞かされたのは、やはり、スペースシャトルの爆発と、フィリッピンの政変を予言したという話でしたわ。ところが、いくら調べても、その証拠がありません」

「ほう」

「彼女が、予言した時のビデオもありませんし、週刊誌も見つかりません。噂と名声だけが、ひとり歩きしてしまっているんです」

「それは面白いね」

「それで、もう一度、中央テレビと週刊『パラダイス』に行ってみました」

「相手の反応は？」

「中央テレビについていいますと、プロデューサーは、永井不二子が予言を適中させた話をタレントのKに聞いたといいます。そこで、Kに訊《ただ》すと、今度はシナリオライターのNに聞いたといいます。Nに会ってみると、彼は歌手のSがいっていたといい、

「どこまでも続いていくんです」

「それで、結局、誰が最初にいったか、わからないというわけかね?」

「はい。ただ、永井不二子が二つの大事件を予言し適中させたという噂だけが、ひとり歩きしているんです。怖いのは、なまじ、誰がいい出したかわからないだけに、この噂を否定しようがありません」

「事実だという証拠もない代りに、嘘だと決めつける証拠もないということか？」

「ただ、それだけならいいんですが、彼女の予言は適中するという噂が広まっているということが問題だと、思いますわ」

「それで、これから、どうするね？」

「これから、永井不二子本人に会って来るつもりですわ」

と、早苗がいった時、十津川の前の電話が鳴った。

相手は北野だった。十津川は早苗に、「ちょっと待っていなさい」と、いってから、

「何かありましたか？」

と、北野にきいた。

「今日の午後三時に、永井不二子が中央テレビの『午後の世界《ワールド》』に出演します」

北野は、怒りを無理に抑《おさ》えたような声を出した。

「例の予言のことですか？」

「そうです。事件が起きる日時を、もっと詳《くわ》しく予言するといっているそうです」

「すると、彼女は、最初にいった線に沿って、動いているわけですね」

「そうです。こちらでも、いろいろと手を回したんですが、彼女を抑えられませんでした」

「中央テレビですね？」

「何か、手を打ってくれるんですか？」

「北条早苗という刑事が、彼女のことを調べています」

「女性——ですか？」

「ええ。優秀な刑事ですよ」

と、十津川はいった。

6

早苗は、中央テレビ局に出かけた。

着いたのは午後二時半だったが、永井不二子は、すでに第一スタジオに入って打ち合せをしていた。

早苗は、入口にいたＡＤの一人に警察手帳を見せ、スタジオの隅《すみ》で見学させて貰うことにした。

三時になって、「午後の世界」が始まった。

永井不二子の出番は、二十分ほど過ぎてからだった。

司会者は彼女に、おもねるように、

「永井先生は、前に、五月上旬に国鉄で大きな事故がある。それも、東京より北でと予言されたんで、一部で大変なパニックになっています。今までに数々の事件を予言されていますから、当然だと思いますね。噂では、国鉄側から抗議もあったとか聞きましたが」

と、いった。

不二子は茶色のガウンのようなものを羽おり、いつものように小さな王冠を頭にのせていたが、

「ええ。いろいろと妨害はありましたよ。でも、私は、見ることが出来るんです。血まみれの乗客の姿や、脱線し、横転している車両が。それに、黙っていることは、私の良心が許しませんわ」

「同感ですね。それで、正確な日時がわかったら、もう一度、テレビに出て、それを全国の皆さんに発表して下さるということでしたが」

「覚えています。それで、今日、このテレビに出させて頂くことになったんですわ」

「すると、正確な日時がわかったんですね？」

「ええ。何月何日かはわかりました。それを今日、発表します。それは――」

「ちょっと待って下さい。大事なことですから、ゆっくりと発表をお願いします」

司会者は、大げさないい方をした。

急に、早苗の横で誰かが舌打ちした。ちらりと横を見ると、三十七、八歳の男が、永井不二子と司会者を睨んでいた。

舞台には、東北地方の大きなパネルが持ち込まれた。

早苗は、隣りの男が気になりながら、永井不二子を見守った。

不二子は、東北地方のパネルを横において、じっと眼を閉じている。

「血を流して苦しんでいる乗客の中に、東北訛《なま》りの人が多いわ」

と、不二子は眼を閉じたまま、甲高い声でいった。

「いいかげんなことをいうな！」

早苗の横で、例の男が小声で文句をいった。もちろん、舞台の上の不二子たちに聞こえる筈はない。近くにいた若いＡＤが、咎《とが》める眼で、男を見ただけである。

司会者は、相変らず、不二子に対して、おもねる感じで、

「東北弁が聞こえるということは、やはり、東北地方で事故が起きるということになりますねえ」

「はい」

不二子は眼を閉じたままでいう。

「それで、詳しい場所と、日時は、わかりますか？　われわれがというより、日本人全部が知りたいと思うのは、そのことなんですが」

「私の眼には、五と三という数字が見えています」

「五に三ですか。ひょっとすると、それは、五月三日ということじゃありませんか？」

「そう。五月三日だわ」

「時間は、わかりませんか？　何時頃ということがわかれば、一層、限定できますが」

「明るくはないわ。暗いの。事故の現場には、強烈な照明が当てられてるわ」

「じゃあ、夜ですね？」

「ええ。夜だわ」

「場所は、わかりませんか？」

「待って。何か見えるわ」

「皆さん、静かに！」

司会者は、大げさに両手を広げていった。

「横倒しになっている客車に、何か字が書いてあるのが見えるのよ」

不二子は眼を閉じたままでいう。

「どんな字ですか？　教えて下さい」

「赤い色の字だわ。特急という字だわ」

「間違いありませんか？」

「ええ。いくら見ても、特急という字です」

「他には、何か見えませんか？」

「もう見えません。疲れたわ」

不二子は、大きな溜息をついた。

司会者は、ひとり、張りきって、

「これで、ずいぶん、いろいろなことがわかりましたね。それを、整理してみましょう。事故は、五月三日の夜に起こることがわかりました。問題の列車は、特急列車で、東北地方に入ってから事故に遭《あ》うこともはっきりしました。これだけわかれば、この事故から身を守ることが可能だと思いますよ」

「私に、いわせて下さい」

不二子が、横からいった。

「また、何かわかりましたか？」

「そうじゃなくて、私が、テレビで予言した真意を、視聴者の皆さんにわかって貰いたいの。私が、売名行為でやっていると思う人がいるかも知れないし、そういって私を非難する人もいます。前に、予言した直後、私の家に、励ましの手紙と一緒に脅迫の手紙も沢山、来ましたわ。でも、売名なんかじゃありません。私は、これまでに、スペースシャトルの爆発や、フィリッピンの政変を予言して、もう十分に有名ですから、売名の必要なんかないんです。でも、黙っていられませんでした。私に、見えるからなんです。脱線して横倒しになっている列車、五と三の数字、血まみれの乗客たちが見えるんです。スペースシャトルの時も、フィリッピンの時もそうでした。それなのに黙っていたら、それは、私が、義務を果たさないことになりますわ。救えたかも知れない人たちを、見殺しにしたことになります。だから、私は、こうしてテレビに出て、私に見えることをお話したんです」

「先生の今度の予言が、売名でないことは、私が、よく知っています。皆さんに申しあげますが、永井先生は、もし、自分の予言が外《はず》れたら、責任をとるといわれているんです」

7

「あとで、責任をとって貰っても仕方がないんだ」

早苗の横の男が、腹立たしげにいった。

早苗は笑いながら、小声で、

「国鉄の北野さんですね？」

「あなたは？」

「捜査一課の北条です」

「ああ、十津川さんに聞きましたよ」

「外へ出ましょう」

と、早苗は、先にスタジオを出た。

北野が、あとからついて来た。

二人は、中央テレビの外にある喫茶店に入った。

「向うは、とうとう、宣戦布告して来ましたよ」

と、北野はいった。

「そうですわね。責任をとるといってましたけど」

「だから、余計、手に負えないんですよ。警察は何とも出来ませんか？　十津川さんは、あなたが優秀な刑事だといっていましたが」

「彼女は、しきりに、転覆《てんぷく》している列車や、血まみれの乗客の姿が見えると、いっていましたわね」

早苗は、落ち着いた声でいい、コーヒーにクリームを入れた。

「いってましたね」

「なぜ、見えるといったのかしら？」

「きっと、彼女には見えるんでしょう。血まみれの死体や、哀れな列車の残骸《ざんがい》が」

「北野さんには？」

「見える筈がないじゃありませんか。五月三日に、事故なんか起きる筈がないんですから」

「彼女には、なぜ見えるのかしら？」

「それはつまり、彼女が、すごい霊能力があるからじゃありませんか。そういってるんだから」

「怒らないで下さい」

「すいません。今度のことで、ずっと、気が立っているんです。五月三日の東北本線の特急券は、これで、どおッとキャンセルがでますからね」

「彼女は、いつも、何かが見えるのかしら？　事件が起こりそうになると」

「そうなんでしょうね。スペースシャトルの時も、見えたんじゃないかな」

「一ヶ月前に、私鉄のS線で衝突事故がありましたわね。死傷者が百人近く出た」

「ええ」

「あの事故は、彼女は予言していなかったわ」

「そうですね」

「つまり、あの事故は、彼女には見えなかったことになりますわ。市民の義務に燃えている彼女が、もし、事故を事前に知っていたら、当然、テレビなり週刊誌なりに発表して、人々の注意を喚起《かんき》する筈ですものね」

「ええ」

「とすると、見えなかったんだわ。つまり、彼女は、鉄道の事故が、見えたり、見えなかったりすることになりますわ」

「まあ、そうかも知れませんが、それが、どうだというんですか？　国鉄の被害は、変りませんよ。肝心のゴールデンウイークだというのに、あの女のおかげで大損害なんですよ」

北野が、わめくようにいうので、早苗は苦笑しながら、

「落ち着いて考えましょう」

と、いった。

「もし、見えたり見えなかったりするとすれば、普通なら、自信がなくなる筈ですわ。そう思いません？　たとえ、事故が見えたとしても、ひょっとして違うのではないかという疑心暗鬼に陥《おちい》るのが、普通ですものね」

「あの女は、普通じゃありませんよ」

「でも、彼女は占いを商売にしていますわ」

「ええ。商売人ですよ。だから、余計、腹が立つんです」

「冷静になって下さい。スタジオで彼女を見ていたんですけど、相当の目立ちたがり屋だと思いますわ」

「それも、わかっていますよ。目立ちたがり屋だから、テレビに出て来て喋りまくるんです」

「商売人で、テレビに出るのが好きな人なのに、なぜ、そんな危険を冒《おか》したのか、不思議に思っているんです。あれだけくわしく発言してしまった上に、責任をとるともいってしまった。もし、適中しなかったら、彼女は、占師の仕事をやめざるを得ないと思いますわ」

「当然ですよ。これだけ大さわぎをしたんですから。われわれだって、損害賠償を要求しますよ」

「目立ちたがりで、占いを仕事にしている彼女が、なぜ、そんな危険を冒したのかしら？　名声は、今だって十分にあるのに。それに、今いったように、事故は、見えたり、見えなかったりするわけだし――」

「私にわかるわけがないでしょう。勝算があるから、あんなに派手に喋りまくっているんじゃないですか」

北野は、面倒くさそうにいった。が、早苗は、きらりと眼を光らせて、

「なぜ、勝算を持ってるのかしら？」

「それは——」

「その理由を知りたいと思いますわ」

と、いってから、早苗は急に立ち上った。

8

「どうしたんです？」

北野がきいた。

「彼女が出て来たから、話をしてみようと思います」

永井不二子が、マネージャーらしい小柄な女性を連れて、テレビ局の玄関を出て来るのが見えた。

そのまま、車が来るのを待っている。

「駄目ですよ。話に応じませんよ」

と、北野がいうのへ、早苗はニッコリ笑って、

「大丈夫。私は、これでも刑事ですからね」

と、いい残して店を出た。

通りを渡ると、丁度、ブルーメタリックのベンツが、不二子の前に横付けになったところだった。

不二子が乗り込んだ。が、なぜか、マネージャーは乗ろうとしない。そのまま、ドアが閉まろうとしたところへ、早苗が顔を出した。

「お話を伺《うかが》いたいんですけど」

「忙しいの。またにしてね」

「それでも、お話を伺いたいんです」

早苗は、警察手帳を不二子の前に突きつけ、相手のひるんだ隙に、さっさと彼女の横に乗り込んだ。

運転手が、当惑した顔で、「どうします?」と不二子にきいた。

「私の家に帰るわ」

と、不二子がいった。

車が、ゆっくり走り出した。

「テレビ、拝見しましたわ」

早苗は、わざと警察手帳を手に持ったまま、不二子に話しかけた。

「ありがとう」

不二子は、そっけなくいった。

「予言が適中しなければ、責任をとるといわれたのには、感動しましたわ」

「それが、当然でしょう」

「責任をとるということは、どういうことでしょう？　占いを、お辞《や》めになるんですか？」

「もちろん。辞めますわ。しかし、絶対に事故は起こるから、そういう事態にはならないと、思っていますけど」

「その事故を防ぐ方法は、ありませんの？」

「ないわ。私にも、わからないもの」

「でも、あなたは、予言なさったんだから、防ぐ方法もおわかりになると思いますけど」

「残念ながら、私に見えるのは、転覆した列車や、血まみれの人々の姿だけなのよ。五月三日の何時何分のどこの列車とわかっていれば、何とか事故を防ぐ方法もあると思うけど、そこまでは見えないわ。五月三日の東北地方へ行く列車を、全て止《と》めてしまえば、事故を防げるとは思いますけど、それだけの勇断は、国鉄にはないんじゃないかしら？」

「永井先生は、いつも、大事故が事前に見えてくるんですか？」

「ええ。スペースシャトルの時も、フィリッピンの政変の時もね」

「一ヶ月前に、私鉄で大きな事故がありましたけど、あれについては何も警告なさいませんでしたね。あの時は見えなかったんですか？」

「ああ、あの時ね。残念なことに、あの時はニューヨークへ行っていたのよ。私のような霊能力のある人間の世界的な集りが、ニューヨークであったの」

不二子は、誇らしげにいった。

このあと、早苗が、不二子の子供の時のことなどを質問している中に、車は三鷹の不二子の家に着いてしまった。

9

早苗は、警視庁に帰った。

十津川が、「ご苦労さん」と、声をかけた。

「三時の永井不二子のテレビを見たよ。五月三日の夜行列車、それも特急列車とまで、いっていたね」

「彼女は、あの予言が適中することに、自信を持っていますわ」

と、早苗はいった。

「それは、テレビの画面からも伝わって来たよ。それについて、君はどう感じたね？」

「なぜ、彼女があれほど自信満々でいられるのか、不思議で仕方がないんです」

「それは、いわゆる霊能力があるからじゃないのかね？　予知能力といってもいい」

「それがあっても、私には不思議ですわ」

「なぜだね？」

「彼女は、見えるというんです。でも、見えるのは、転覆した列車と、血まみれの乗客と、五と三の数字。それに赤い特急の文字、ああ、それに、夜だということぐらいですわ。肝心《かんじん》のことが一つもわかっていないんです。何時何分に、どこを発車し、どこへ行く列車なのか、転覆する場所はどこなのか、という肝心なことがですわ。それなのに、どうして自信満々なのか、不思議で仕方がないんです」

「なるほどね。これから、どう捜査を進めていく積りだね？」

「二つばかり、今すぐ、調べたいことがあります」

と、早苗はいった。

一時間ほどして、早苗は戻って来た。

「おかしなことが増えましたわ」

と、早苗は十津川にいった。

「どんなことだね?」

「私は、彼女に、一ヶ月前の私鉄の事故のことを聞いてみたんです」

「ああ。百人以上の死傷者が出た衝突事故だね」

「あの時、彼女は、何の予言もしていないんです。だから、あの事故は見えなかったのかと、きいてみましたわ」

「意地の悪い質問をしたもんだね」

と、十津川が笑った。

「彼女は、こう答えました。あの時、ニューヨークで霊能力者の国際的な集りに出席していたと。日本にいて、スペースシャトルの事故やフィリッピンの政変を予言していますのにね、その辺の矛盾には気付かないようですわ。それにニューヨーク行の件ですけど、行ったのは事実でしたわ。でもあの私鉄の事故は、三月二十八日の午後七時十五分に起きています。彼女が日本を出発したのは、翌二十九日の午後なんです」

「事故の後《あと》か?」

「はい、事故の時は、彼女は東京にいたんです。それなのに、彼女には、事故は見えなかったんですわ」

「君は、二つ調べたいことがあるといっていたね。もう一つは、どんなことだね?」

「今日、中央テレビに彼女を迎えに来ていた車があったんです。ブルーのベンツで、彼女の車ではありませんでした。ナンバーから陸運局に調べて貰いましたら、水谷《みずたに》明《あきら》という建設会社の社長の車とわかりました」

「その水谷という社長と、永井不二子とは、何か関係があるのかね？」

「まだ、わかりませんが、水谷は、年齢五十歳。従業員百五十六人の建設会社をやっています。彼女の三鷹の家も、この会社が建てたそうですわ」

「スポンサーというやつだろう。有名な占師には、政治家や、実業家、それに芸能人の取り巻きがつくというから、別に不思議はないんじゃないのかね」

「そう思いますが、もう少し、この男のことを調べてみたいんです」

「やってみたまえ」

と、十津川はいった。

10

ゴールデンウイークが始まった。

永井不二子は、いぜんとして、五月三日に、東北で、列車事故があるという言葉をあちこちで撒《ま》き散らしていた。

国鉄の広報室は、その件についての問い合せに対して、応対に忙殺《ぼうさつ》された。

「五月三日の青森《あおもり》行の夜行特急の切符を買っているんですが、乗って大丈夫ですか?」

そんな質問ばかりである。

電話は、ひっきりなしにかかって来て、広報室の電話回線は、パンク寸前になったくらいである。

上野《うえの》駅に、直接、電話して来たり、窓口にやってくる人もいた。

国鉄としては、当然、「大丈夫です」と答えざるを得ない。それで、相手が納得してくれればいいのだが、必ず、

「本当に、大丈夫ですか?」

と、重《かさ》ねてきく。

「事故なんか、起こりませんよ」

「しかし、永井不二子は、必ず転覆事故が起きると予言してるじゃないか」

「あんなものは信じられません」

「万一、事故になったら、どう責任をとってくれるのかね?」

「起きれば、もちろん、責任をとりますが、起きませんよ」

どの電話も同じなのだ。中には、五月四日か、五日の切符と取りかえて欲しいという人もいた。

だが、この要求には応じられなかった。五月三日をのぞいて、他の日はどの列車も

満席になっていたからである。それで、電話口での口論になったりした。

「調べは、進んでいるかね？」

十津川は、北条刑事を呼んできいた。

「水谷明については、いろいろとわかりましたけど、五月三日の特急列車とは、なかなか、結びつきません」

早苗は困惑した表情で、十津川にいった。

「水谷が、五月三日に、東北地方に、旅行に出るという予定はないのかね？」

「ありません」

「水谷と、永井不二子との関係は、単なるスポンサーなのかね？」

「男と女の関係だという人もいますけど、本当かどうかわかりませんわ。それに、二人がどんな関係でも、それは、直接、五月三日の予言とは結びつきませんわ」

「水谷明の経歴は？」

と、十津川はきいた。

「年齢は、五十歳です。長野《ながの》市の生れで、地元高校を卒業して上京しました。さまざまな仕事についたあと、三十五歳で建設会社を作りました。最初はうまくいかず、借金に追われて姿を消したりしたこともあったようですが、現在は業績も順調です」

早苗は、手帳のメモを見ながら、いった。

「東北の生れじゃないのかね？」

「私も、ひょっとすると、と思ったんですが、違いましたわ」

「永井不二子の方は、どうだったかね？」

「彼女も、東北の生れではありません。千葉《ちば》市内で生れていますわ」

「水谷と同郷というわけでもないんだな？」

「はい」

「水谷建設の営業成績は順調だといったね？」

「はい。ここ四、五年は順調で、受注も増えています。税金もちゃんと払っています し——」

「水谷の周辺にも、犯罪の匂《にお》いはないかね？」

「前科はありませんわ。何かの犯罪に関係したこともありません」

「百五十六人の従業員は、どうだね？」

「そちらの方は、全部、調べていませんけど、建設会社ですから、かなり荒っぽい人間もいると思いますわ」

「水谷は、東北とは全く関係ないのかね？」

十津川は、念を押した。

早苗は、ちょっと考えていたが、

「全くないとは、いい切れません。水谷は旅行好きですから、東北にも何回か行っているると思いますし、建設用の木材は東北地方からも買い入れていますから」

「それなら、東北地方のことはかなり詳しいと見ていいだろうね」

と、十津川はいった。

個人的な旅行に列車を使ったとすれば、東北本線を走る特急列車のこともよく知っているだろう。

十津川は、亀井《かめい》を呼んで、話に参加させた。

「北条君の結論は、どうなんだね？」

と、その亀井が早苗にきいた。

早苗は、申しわけなさそうに、

「いくら調べても、結局、よくわからないんです。ひょっとすると、水谷が永井不二子に指示して、あんな予言をさせているのではないかと考えたんですけど、そうだとしても、理由がわかりません」

「水谷と永井不二子とは、時々、会っているのかね？」

「昨日も、新橋《しんばし》の料亭で夕食を一緒にとっていますわ」

「水谷に家族はないのかね？」

「奥さんは、二年前に亡くなっていますわ。娘が一人いましたが、すでに結婚して、大阪です」

「再婚の気配《けはい》はないのかね？」

「今は独身を楽しんでいるみたいですわ。だから、永井不二子との仲も、いろいろといわれるんだと思います」

「もう少し、水谷のことを調べてみたいね」

と、亀井がいった。

11

しかし、時間は、容赦《ようしゃ》なくたっていった。

五月三日が来た。

北野をはじめとして、国鉄の関係者は、誰も永井不二子の予言を信じてはいなかった。

だが、気にはなるのだ。

うす気味悪いことにかわりはない。今日、特急列車を運転する運転士や、同乗する車掌の中には、神社でお祓《はら》いを受けてから乗車する者も多かった。

念のために、上野駅に対策本部が設《もう》けられ、北野も加わった。が、北野の役目は警察との連絡だった。

対策本部では、列車を東北本線にしぼることにした。

東北新幹線は、対象から外すことにした。

新幹線も特急列車に違いはないが、「特急」という赤い文字というのが、在来線の感じだったからである。

上野から東北本線で北へ向う特急列車は、朝から次々に発車して行く。

午前六時五三分発、黒磯《くろいそ》行、新特急「なすの1号」が最初の特急列車である。

何ごとも起きない。

永井不二子の予言も、夜の特急ということだから、昼間は安全なのか。

一五時〇四分発の秋田《あきた》行L特急「つばさ13号」から、緊張が始まった。

この列車は、福島《ふくしま》発が一八時二一分。この辺から夜を迎え、終着の秋田に着くのは二二時五七分になるからである。

国鉄としては、万一に備えて鉄道公安官を同乗させることにした。

北野は、16番線ホームに立って、この列車を見送った。

さすがに、乗車率は六十パーセントくらいである。平静をよそおっているが、乗客の顔は、何となく不安気に見えた。

次の「なすの13号」は宇都宮《うつのみや》行なので、公安官は乗せなかった。

「なすの15号」「なすの17号」と、いずれも宇都宮止まりである。

二〇時五〇分発の特急「あけぼの1号」は、青森行のブルートレインだった。

上野を発車する時から、すでに夜を迎えている。

普通なら満席の筈なのに、これも六十パーセントくらいの乗車率になっていた。切符を買ってからキャンセルした人が、かなりいるのだ。

北野は、十津川に電話をかけた。

「今のところ、どの列車も順調に動いていて、事故の報告は来ていません」

と、北野はいった。

「こちらは、永井不二子と、彼女のスポンサーの水谷明を監視しているんですが、二人とも、今のところ、東京の住所から動きませんね。永井不二子の家には、中央テレビのレポーターが待機していますよ」

「そうですか。事故が起きた時の談話をとるためですか？」

「と、思いますね」

「むかつきますね」

と、北野はいった。

午後十時を過ぎた。

まだ、事故の連絡は、どこからも来ない。

午後十時丁度（二二時〇〇分）には、青森行のブルートレイン「あけぼの3号」が、上野駅を出て行った。

この辺から、寝台特急《ブルートレイン》が、次々に北に向って上野駅を発車して行く。

二二時二〇分。青森行の「はくつる1号」

二二時二四分。秋田行の「あけぼの5号」

二三時〇〇分。青森行の「はくつる3号」

普段なら、これで上野発、東北本線の特急列車は終りである。

だが、ゴールデンウイーク中の五月二日から四日にかけて、もう一本、臨時の特急列車が発車する。

二三時〇三分発の「あけぼの51号」である。

寝台列車ではなく、座席特急である。

最後のその特急列車も、上野駅を出て行った。

午前零時を過ぎたが、事故の連絡はない。

「やはり、でたらめだったんじゃないかね」

と、対策本部で上野駅の助役の一人が肩をすくめるようにしていった。

「何もなかったら、わざわざ、対策本部なんか作ったのが馬鹿みたいだねえ」

もう一人の助役がいった。

「週刊誌に書かれるんじゃないか。国鉄は、占師の言葉なんか信じないといっておきながら、心配で対策本部を設けていたなんてね」

そんな助役たちの会話を聞きながら、北野は、じっと、時計に眼をやっていた。早く夜が明けないかなと、思う。永井不二子の予言など信じはしないが、どうしても気になってしまうからである。

午前一時を過ぎた。

緊張していた対策本部の空気も、次第にだらけてきた。

「少しばかり、馬鹿馬鹿しくなってきたよ」

と、助役の一人がいい、小さく欠伸《あくび》をした。

(永井不二子は、何の勝算もなくあんなことをいったのだろうか?)

北野には、そこがわからなかった。

午前二時になった。いぜんとして、事故のニュースは入って来ない。

「やれ、やれ」

もう一人の助役が立ち上って、大きく深呼吸をした。

その直後だった。

東北本線の白河《しらかわ》の先の阿武隈川《あぶくまがわ》にかかる鉄橋で、列車の転落事故があったという連絡が入った。

北野たちの顔色が変った。

12

転落事故を起こしたのは、臨時特急の「あけぼの51号」だった。

第一報のあと、第二報はなかなか入って来なかった。

いらだちが、対策本部を支配した。

北野は、十津川にも電話で知らせた。日頃、あまり驚くことのない十津川だったが、この時は、

「本当に事故が起きたんですか？　本当に」

と、狼狽の色をかくさなかった。

「くわしいことはわかりませんが、白河の先で事故があったことは間違いありません。こちらも愕然《がくぜん》としています」

北野は、正直にいった。

第二報が、対策本部に届いたのは、午前四時近くだった。

客車三両が鉄橋から転落し、三十名以上の死傷者が出ているというのである。

この数字は、当然、増えてくるだろう。

永井不二子の予言どおり、転落事故が起き、乗客が血まみれになったのだ。

客車が転落した川は水が少かったが、それでも、負傷者の中には、流され、溺《おぼ》れる者も出ているらしい。

暗闇《くらやみ》の中では、救助作業が、なかなか進展しないのだろう。

東京にいる北野は、ただ、いらだちながら、詳報を待つより仕方がなかった。

夜明けと共に、副総裁の小野田《おのだ》が、ヘリコプターで現地に飛ぶことになり、北野も同行した。

どうして、三両もの客車が鉄橋から転落したかわからなかったが、現地に着いてみて、北野にも、その理由がわかった。

鉄橋そのものが、破壊されているのである。

「何者かが、爆薬を仕掛けたんですよ」

と、現場の復旧作業に当っている保線区員が、小野田にいった。

三両の客車は、折り重なるように川の中に落ちていた。

救急車が、ひっきりなしに走り廻っている。

死者は河原に並べられ、毛布をかぶせてあった。

福島県警から、パトカーも駈けつけていた。

東京では死傷者三十名と聞いていたが、ここでは、もっと多くなりそうだとわかった。流された死体もありそうだという。

　爆薬は、鉄橋のほぼ中央部に仕掛けられ、臨時特急「あけぼの51号」が通過中に、爆発したのだ。

　もし、「あけぼの51号」が満席だったら、死傷者は百名をこえていたろうという。永井不二子の予言のおかげで乗客が少かったので、犠牲が少かったともいう。

　マスコミも、事件を知って駈けつけて来た。

　テレビや新聞のヘリコプターが、現場の頭上に飛び始めた。

13

　十津川たちは、複雑な表情で、持ち込まれたテレビの画面を見ていた。

　十津川、亀井、それに、北条早苗だった。

　中央テレビの朝のニュースショウの時間である。

　現場の惨憺《さんたん》たる光景にかぶせて、永井不二子に対するインタビューが入ってくる。

「不幸にも、永井先生の予言が適中してしまいましたね」

「ええ。恐れていたことが現実になってしまいましたわ」

「誰かが、鉄橋に爆薬を仕掛けたといわれていますが、そこまで、先生はわかっていましたか？」

「いいえ。残念ながら、そこまでは見えませんでしたわ」

「もし、今度の事件の解決に警察が協力を要請したら、協力しますか？」

「私に出来ることでしたら、喜んで」

永井不二子は、そういっていた。

死傷者のほとんどは、秋田までの切符を買っていたという。

身元のわかった人の名前が、次々に画面にテロップで出てくる。今のところ、死者十二名、負傷者五十九名だが、この数字は更に増える見込みだという。

「永井不二子は、犯人を知っていますわ」

早苗が、テレビを見ながらいった。

「すると、犯人は水谷明ということになるのかな？」

十津川が、きく。

「そう思います」

「しかし、水谷が、なぜ、鉄橋に爆薬を仕掛けて、列車を転落させるんだね？」

「いろいろ考えられますわ」

「例えば？」

「国鉄に恨みを持っているとか、或いは、どうしても殺したい人間が、この『あけぼの51号』に乗っていたとかですわ」

「その一人を殺すために、何人もの乗客を殺したのか？」

「動機が、かくせますわ。それに、建設会社なら、ダイナマイトだって簡単に手に入る筈です」

「それは、少し、おかしいんじゃないかね？」

と、口を挟《はさ》んだのは亀井だった。

「どこがだね？　カメさん」

十津川がきいた。

「水谷が、北条刑事のいう理由で、爆破したとします。永井不二子に例の予言をいわせたのは、水谷ということになりますが、なぜ、そんなことをさせたのか、わからなくなります。水谷の殺したい人間が、『あけぼの51号』に乗ることになっていたとして、永井不二子の予言のおかげで、乗るのをやめてしまうかも知れないじゃありませんか」

「それは、カメさんのいう通りだね。どうだね？　北条君」

と、十津川が早苗を見た。

「確かにそうですけど、水谷が犯人に違いありませんわ。他に考えられませんもの」

「三つの方法を考えてみよう」

と、十津川が、いった。

「一つは、問題の列車の乗客のことだ。死傷者の中に、水谷と関係ある人間がいたかどうかを調べる。これは、福島県警と協力して進める。第二は、水谷が犯人だとすると、彼は東京にいたから、誰かにやらせたことになる。水谷の部下か、知人で、白河に行った者がいないかどうか調べる。第三は、永井不二子だ。彼女は、テレビで警察に協力するといっているんだから、呼んでみようじゃないか」

14

十津川は、北条早苗を、すぐ、福島県警に行かせてから、永井不二子を警視庁に呼んだ。

不二子は、女のマネージャーの他に、若くて眼つきの鋭い男を連れて、警視庁にやって来た。ボディガードだと、いった。

「世の中には馬鹿な人がいて、まるで、あの事故を私がやったみたいにいって、脅迫《きょうはく》の電話をかけて来たりするんですよ。それで、ボディガードを連れて歩くことにしましたの」

と、不二子はいった。

十津川は、不思議なものでも見るような気持で、彼女を見た。いくら、自分の予言が当ったといっても、死傷者が何人も出ているのだ。苦悩の表情があって当然なのに、眼の前の不二子には、それがない。得意気ですらある。

「適中しましたね」

と、十津川はいった。

「当然ですわ」

「しかし、百人近い死傷者が出ていますよ」

「国鉄当局が、いけないんですわ」

「なぜですか?」

「私の予言を信じて、五月三日の夜行特急を走らせなければ、こんなことにはならなかったんですよ」

「しかし、これは事故じゃありません。誰かが、爆薬を仕掛けたんです。犯罪です」

「でも、私の予言は当りましたわ」

不二子は、変に光る眼で十津川を見た。

自分を、予知能力者と信じ込んでいる顔だった。

「水谷明さんとは、どんな関係ですか?」

十津川は、話題を変えた。

不二子の顔がなごんだ。

「親しいお友だちですわ」

「具体的に、いってくれませんか?」

「政治家や、財界の方で、私のお友だちは沢山いますわ。水谷さんも、その中の一人ですわ」

「仕事する上で、あなたの意見を聞いたりするわけですか?」

「ええ。新しい事業を始める時に、私の意見を参考にしてくれますわ。そういう方は他にも、何人もいらっしゃいますけど」

「あなたが、今度の事件を予言した時、水谷さんは何かいいましたか?」

「いいえ。水谷さんは、私のような霊能力はないから、何もいいませんよ」

「水谷さんが、最近、何かに困っていたようなことは、ありませんか?」

「ありませんよ。仕事も、順調のようですしね」

「水谷さんと、知り合われたのは、いつ頃ですか?」

「そうですわねえ。二年前だったと思いますけど」

「すると、スペースシャトルの爆発の時は、もう、知り合われていたわけですね?」

「ええ」

「最初、どんな風に知り合われたんですか?」

と、十津川はきいた。

「よく覚えてるんですけど、私のために、政治家のTさんがパーティを開いて下さった時、水谷さんがきれいな花束を贈って下さったんですよ」

「花束ですか。なかなか、ロマンチックですね」

「そうなんですよ。あの人は、ロマンチックなんです」

不二子は、嬉しそうにいった。

15

不二子のいったことが事実かどうか、十津川は調べてみた。T氏といえば、元国務大臣で、現在も保守党の中堅議員である。

このT氏が、二年前に不二子のためにパーティを開いたのだろうか？

秘書に電話してきいてみると、相手は笑って、

「それは嘘ですよ」

「しかし、彼女は、Tさんが自分のためにパーティを開いてくれたと、いっていますが」

「それで、困っているんです」

「と、いいますと？」

「二年前に、うちの先生が国務大臣に就任したんですが、その時、突然、彼女が電話して来ましてね。うちの先生のことを、大臣になる人だと予言したら、その通りになった。おめでとうございますというんですよ。別に悪い気はしないので、有難うございますと礼をいっておきましたよ。そのあと、うちの先生の大臣就任の祝賀パーティがあったんですが、その時、招待もしていないのに顔を出して、参会者にしきりに自分を売り込んでいましたね。パーティというのは、そのことじゃありませんか。最近でも、やたらに、うちの先生の名前を使うんで、困っているんですよ」

「使うというのは、どんな風にですか？」

「まるで、うちの先生が、彼女のおかげで大臣になれたみたいにいい廻っているんですね。二、三度、注意したんですが、彼女はそう思い込んでいるんで、手に負えませんよ」

と、秘書は笑った。

思い込むという言葉に、相手が力をこめたところをみると、それが、特別に印象に残っているからに違いない。

不二子は思い込みの強い性格なのだ。

他人の開いたパーティに、勝手に出て行っても、自分のために開いてくれたパーティだという。嘘をついているのではなく、そう思い込んでいるのではないだろうか。

亀井と若い西本《にしもと》刑事が、水谷建設の従業員の一人一人を調べていた。東北に行って

いた者がいないかどうかである。

夜になって、福島県警へ行った北条早苗から、電話が入った。

「亡くなった方や、怪我《けが》をされた家族の方が、こちらに駈けつけて来ています」

と、早苗がいった。

「こちらでも、死傷者の名前が、どんどん、発表されているよ。亡くなった十二人の

死因は、何だね？」

「いろいろです」

「と、いうと？」

「三両の客車は川の中に転落したので、溺死《できし》もありますし、圧死もあるみたいですわ。

三両の客車の中の一両は、爆発をまともに受けて破壊されてしまっていますので、乗

客が外に放り出されています。そのため、死体が下流まで流されてしまったケースも

あるみたいですわ」

「亡くなった十二人については、全部、身元がわかったようだね？」

「はい。幸い、身元がわかりました。死体がさほど損傷していませんでしたし、身分

証明証なり、運転免許証を持った人が多かったからのようです」

「永井不二子の予言については、県警はどう見てるんだね？」

「彼女に予知能力があったとは思っていないみたいです。何かおかしいとは思っているようですが、今は爆発物の解明に全力をあげていますわ」

「ダイナマイト説が出ているが、そちらではどうだね？」

「こちらでも、鉄橋にダイナマイトを仕掛けたという説が有力ですわ。それから、時限装置ではなく、無線装置で爆発させたのだろうということです」

「すると、犯人は現場にいたわけか？」

「はい。ただ、爆発のあったのが午前二時近くですから、目撃者は見つかっていません」

「そうだろうね。問題は、犯人と動機だがね。まだ、どちらもわからないか？」

「はい。まだ、わかりません。こちらでは、過激派のテロ説も出ていますが」

「それはないと思うね」

と、十津川が、いった。

「国鉄に聞いたんだが、あの列車に政府の要人や財界の有力者は乗っていなかったということだよ。それに、過激派が狙うのなら、新幹線が一番、効果的だろう。在来線の、しかも、臨時列車では、効果は少いからね」

「すると、やはり、水谷明の線でしょうか？」

「と、思っているんだがね。そちらで何かわかったら、すぐ、連絡してくれたまえ」

と、十津川はいった。

16

二日目の午後になって、亀井が面白いことを摑んで来た。

水谷建設で、問題の五月三日の午後、木材の買付けに、大型トラックが米沢《よねざわ》に向かって東京を出ているというのである。

吉田《よしだ》という二十六歳の運転手と、営業部長の田代《たしろ》という四十八歳の男が、そのトラックには乗っている。

「十一トン積みの大型トラックです。米沢スギを買付けに行ったと、いっています」

と、亀井がいった。

「本当に米沢に行っているのかね？」

「五月四日の朝、米沢市内に着き、実際に買付けをやり、東京に戻って来ています」

「すると、問題の時刻には白河の近くを走っていた可能性があるわけだね？」

「そうです。トラックに、ダイナマイトや無線の発信装置を積んで行ったということも、十分に考えられます。もちろん、否定はしていますが」

「問題は、動機か」

「そうですね。動機があれば、このトラックでダイナマイトを運んだと、いうことになると思うんですが」

残念そうに、亀井がいった。

十津川は、今度の事件で亡くなった十二名の乗客に注目した。すでに、十二名の名前、住所、行先などが判明していた。もし、この中に、水谷明と関係のある人間がいれば、それが事件の解明の手掛りになるのではないかと思ったからである。

十津川は、アイウエオ順に十二名の名前を並べてみた。

①伊藤《いとう》　英夫《ひでお》　(40)　溺死　住所は秋田　農業
　　東京からの帰り
②　妻　貞子《さだこ》　(35)　溺死　〃
③　次女　みどり(9)　溺死　〃
④石井《いしい》　孝《たかし》　(21)　溺死　東京　学生
　　秋田へ帰省
⑤内海《うつみ》　文子《ふみこ》　(60)　圧死　山形《やまがた》　無職

⑥江上《えがみ》　昌夫《まさお》（22）　東京からの帰り
　　　　　　　　　　　　溺死　東京　学生
　　　　　　　　　　　　山形へ帰省
⑦大久保《おおくぼ》　進《すすむ》（30）　圧死　東京　会社員
⑧妻　ゆう子《こ》（28）　圧死
　　　　　　　　　　　　この二人は、東北の温泉めぐりで、周遊券にて乗車
⑨砂田《すなだ》　三郎《さぶろう》（22）　溺死　東京　学生
　　　　　　　　　　　　秋田の郷里へ帰るため
⑩中村《なかむら》　雅夫《まさお》（50）　溺死　東京　会社員
　　　　　　　　　　　　周遊券にて、東北旅行
⑪林《はやし》　英司《えつじ》（23）　圧死　東京　学生
　　　　　　　　　　　　米沢へ帰省
⑫村田《むらた》　洋子《ようこ》（28）　溺死　東京　ＯＬ
　　　　　　　　　　　　秋田へ帰省

三人の会社員（一人はＯＬ）は水谷建設の社員ではなかったし、取引先の会社でもなかった。

四人の学生は、帰省のために、「あけぼの51号」に乗ったことになっている。

十津川は、それが事実かどうか、秋田、山形、米沢へ問い合せてみた。

地元の警察が調べてくれたところによると、四人とも、郷里の家族にゴールデンウイークに帰ると、いっていたことがわかった。

四人の家族は現場に駈けつけ、涙ながらに遺体を引き取って行ったということだった。

ただ、その中の一人、石井孝の母親は、息子が、四月二十九日には帰るといっていたのにと、泣いたという。その日に帰省していれば、死なずにすんだと、思ったからだろう。

本人の石井孝に何か用があったのか、それとも四月二十九日の切符が買えなくて、五月三日の「あけぼの51号」に乗ったのかも知れない。

周遊券利用が三人いる。家族や知人に聞くと、三人とも、四月二十九日の列車が満席だったので、五月三日の「あけぼの51号」にして特急指定券を買ったというから、石井孝も同じ理由だったのではないか。若い学生なら、予言など信じないだろう。

解明の手掛りが見つからない。

17

水谷明が、今度の事件に関係しているとする。一番の問題は動機だが、他にもわからないことがある。

なぜ、東北本線だったのか？

なぜ、臨時特急だったのか？

なぜ、鉄橋上だったのか？

この疑問を一つ一つ解いていけば、事件の真相に到達できるのだろうか？

北条刑事から、電話が入った。

「死んだ江上昌夫の両親なんですが、今日になって、息子は、四月二十九日に帰って来ると、いっていたといい出しました」

「ちょっと待ってくれ。石井孝の母親も、そういっていたんだよ。江上昌夫の場合も、間違いないんだね？」

「はい。四月二十九日に帰るといっていたので、待っていたんだと、いっていますわ」

「いつ、両親にいったんだろう？」

「四月の五、六日頃、電話をかけて来て二十九日には帰るといったんだそうです。それで、二十九日に帰って来ないので、電話したといっていましたわ」

「それで、息子さんは何と答えたんだ？」

「それが、東京のアパートにいなかったんだそうです」

「学生は、あと二人いたが、そっちはどうだね？」

「もう一度、確認してみましたが、あとの二人は、自宅にゴールデンウイークに帰るといっただけで、四月二十九日とは、いわなかったそうです」

「四月二十九日というのは、面白いね。何かのヒントになるかも知れん」

「なるでしょうか？」

「調べてみよう」

と、十津川はいった。

十二人の死者の中に、学生が四人いた。

その中の二人は、四月二十九日に帰るといったのに、実際には五月三日の列車に乗っている。

「どう思うね？　カメさん」

と、十津川はきいた。

「ゴールデンウイークの切符は手に入りにくいということじゃありませんか。二人とも、四月二十九日の列車で帰郷したかったが、手に入らなかった。それで、仕方なく、五月三日の、それも、臨時特急の切符を買って乗ったということだと思うんですが」

「あり得るね。だが、それが事実かどうか、調べて貰いたいんだ」

と、十津川はいった。

亀井は、江上昌夫が住んでいた中野《なかの》のアパートに出かけて行った。

その間に、十津川は上野駅に電話をかけ、四月二十九日の山形行の特急列車の切符は、四月五日か、六日でも、買えたかどうか、きいてみた。

四月十日までなら、いくつかの特急列車に、まだ、座席があったという返事だった。

江上昌夫が、山形の両親に四月二十九日に帰るといって来た時には、まだ、この日の特急列車の切符は買えたのである。

三時間後に戻って来た亀井は、更に江上の部屋から、四月二十九日のL特急「つばさ13号」の切符を見つけ出して来た。

「つばさ13号」は、十五時〇四分に上野を出て、山形には十九時四三分に着く。

江上昌夫という学生は、明らかに、この列車で山形へ四月二十九日に帰るつもりでいたのだ。

「この切符は、部屋のどこにあったんだ？」

と、十津川は、亀井にきいた。

「机の引出しを開けたら、入っていましたよ。だから、すぐ見つかりました」

「とすると、失《な》くしたと思って、五月三日の『あけぼの51号』に乗ったんじゃないんだね」

「そうですね。何か、急用が出来て、五月三日に変えたわけでもないと思います。それなら、山形の両親に、その旨、電話したでしょうし、この切符を払い戻していると思うのです。彼は、金持ちの息子というわけじゃないようですから」

「私と一緒に、もう一人の石井孝のアパートへ行ってくれないか」

と、十津川は、亀井を誘った。

石井のアパートは高田馬場《たかだのばば》にあった。木造アパートで、六畳一間に小さな台所がついているが、トイレは共同でバスはない。

「こういう部屋はなつかしいですよ。私も上京した時は、一間だけのアパートでしたから」

と、亀井は、狭い部屋の中を見廻しながらいった。

「江上昌夫のアパートも、同じ感じかね？」

十津川が、きく。

「そうです。トイレはついていましたが、バスはないです」

「石井孝も、四月二十九日の切符を買っていたのかな？」

と、十津川はいい、二人は部屋の中を探してみた。

机の引出しには入ってなかったが、洋ダンスのコートを調べていた亀井が、にっこりして、

「ありました！」

と、いった。

四月二十九日の寝台特急「あけぼの5号」の切符だった。この列車は、上野を二二時二四分に発車し、終着の秋田に着くのは、翌三十日の午前七時三〇分である。

「どういうことですかね？　これは」

亀井が、眉をひそめて、見つけた切符を見つめた。

「誰かが、五月三日の『あけぼの51号』の切符を買って、石井孝と江上昌夫に渡したことになるね」

「水谷明ですか？」

「だとすると、なぜ、そんなことをしたかが問題だよ」

と、十津川はいった。

18

今度の事故で十二人が死んだが、その中に四人の学生がいた。

この四人に、共通点があるだろうか？

死因は、三人が溺死で、一人が圧死である。これは乗っていた車両によるのだろう。

溺死した三人は、4号車、圧死した学生は3号車の切符を持っていた。

郷里は、秋田二人、山形、米沢各一人で、ばらばらといっていいだろう。

大学も、四人とも別々である。アパートも違う場所にある。お互いを知っていたという形跡はなかった。

水谷明と関係があったとも思えなかった。水谷は、四人の大学のどれとも関係がなかったからである。

「しかし、何かあるね」

と、十津川はいった。

少くとも、二人の学生は、四月二十九日の切符を買っていたのに帰らず、五月三日にしたのである。そこに、何かあるに違いない。

北条早苗刑事が帰って来た。

「一つ、変なことを発見したんです」

と、早苗は、疲れた顔も見せず、いった。

「四人の学生のことでかね？」

「それに、関係があるかも知れませんわ」

早苗のいうのは、次のようなことだった。

鉄橋が爆破されて、「あけぼの51号」の2号車、3号車、4号車の三両が、川に転落した。

その結果、十二名の死者が出ているのだが、2号車からは死者は出ていない。九名の死者が、3号車、残りの三人が、4号車というわけである。

「つまり、4号車では、学生三人だけが、亡くなっているんです」

と、早苗がいった。

「それが、おかしいのかね？」

「三人とも、二十代の元気のいい青年ですわ。他の乗客の中には老人も何人かいるのに、怪我をしただけで助かっています。こんな中で、若い三人が、なぜ、三人とも、溺死したのか、不思議で仕方ありません」

「なるほどね」

「三人の中、石井孝は、大学の水泳部にいたと両親がいっていますから、泳げないから溺死したということはありませんわ。それに、鉄橋に仕掛けられたダイナマイトは、丁度、3号車のところで爆発したことがわかりました。転落した三両の中で、3号車が、一番、破壊されていましたから、死亡者も、一番、多いんです」

「遺体は、全部、解剖したんだろう?」

「はい、死因を調べるためですわ。でも、あまり詳しい解剖は出ていませんでした。遺族が、一刻も早く遺体を引き取りたいといっていたからだと思います」

「じゃあ、三人の学生が溺死したのは間違いないんだね?」

「はい」

「4号車では、若い三人の学生だけが溺死したか――」

と、十津川は、ひとりごとのようにいって考えていたが、

「永井不二子が、最初に事故を予言したのは、いつだったかね?」

と、亀井にきいた。

「確か、四月十五日でした」

「その頃、死んだ学生たち、いや、4号車の三人だけにしぼってみよう。この三人が、何をしていたか知りたいな」

と、十津川はいった。

19

その調査に、十津川は、亀井たち七人の刑事を動員した。

彼等は三人の大学に行き、教師に会い、クラスメイトや、ガールフレンドにも会った。

最初にわかったのは、石井孝のことだった。

彼の友人の一人が、石井は、四月十日から三日間、アルバイトをするといっていたと証言したのである。二十九日に郷里の秋田に帰るのだが、切符を買ったら金がなくなってしまったので稼ぐのだと、いったという。

「石井は、この週刊誌で仕事を見つけたそうです」

と、亀井は、アルバイトを紹介する専門の週刊誌を、十津川に見せた。

「しかし、その中にあるどの仕事をやったのか、わからんだろう?」

「そうなんですが、西本君と、その週刊誌を調べていて、面白いものを見つけました。五十六ページです」

と、亀井がいう。

十津川は、そのページを開いてみた。

いくつかのアルバイトの紹介が並んでいる。

その中の一つに、十津川の眼が止った。


〈日給一万円、危険手当五千円。交通費支給。

午前九時から五時まで。昼休み一時間。

残業あり。

身体頑健な男子学生求む。

水谷建設　ＴＥＬ――――〉

「電話して確めましたが、この水谷明の会社です」

と、亀井がいった。

「石井孝は、この仕事をやったのかな？」

「そう思います。他の二人の学生も、この雑誌を見て水谷建設に電話したんじゃないでしょうか。三人が同じアルバイトをしたとすると、共通点になりますし、水谷明とつながって来ます」

と、亀井はいった。

どんな仕事なのか、十津川は、調べることにした。

千葉県船橋《ふなばし》に近い湿地帯に、地下二階、地上九階のビルを建てる工事に、水谷建設が参加している。といっても、水谷建設が請け負ったのは、その基礎工事の部分である。

地下水がどんどん湧《わ》いてくる土地なので、特殊な工法が採用された。

直径一・五メートルの鋼管を敷地の周辺に何本も打ち込み、水を抜いたあと、コンクリートを流し込んで、土地を強くする工法である。

どうやら、石井孝たちは、その作業で働いたらしい。危険が伴うので、危険手当も出ている。

基礎工事は、現在、ほぼ、終了していた。

十津川たちは、この工事で働いたアルバイトの氏名を明らかにするように水谷建設に申し入れた。

名簿が提出された。が、そこに、石井孝、江上昌夫、砂田三郎の三人の名前は見つからなかった。

工事中に事故はなかったという。

十津川たちは、名簿にあった人たちに、片っ端から当ってみた。

驚いたことに、十人の中、五人は、でたらめな名前だった。明らかに作られた名簿なのだ。

それでも、全く架空の人間だけの名簿は、作るのをはばかられたとみえて、実在の学生の名前もあった。東北から出稼ぎに来た人の名前もである。

十津川たちは、根気よく、その一人一人に会って、工事のことを聞いた。

その中の一人が、江上昌夫のことを覚えていた。やはり、江上は、この工事現場で働いたのだ。

もう一つ、興味ある話を、何人かから聞くことが出来た。

四月十二日の午後、事故があったらしいというのである。

何本目かの鋼管を打ち込んだあと、中の湧水を排水した。午後五時に作業が終り、工事責任者である水谷建設の人間が、その鋼管に蓋《ふた》をして帰ってしまった。

だが、中に、まだ、アルバイトの学生がいた。鋼管の中に、再び、水が湧き出して来て、逃げ場のない彼等は、中で溺死したらしいというのである。

20

少しずつ、謎が解けて来た。

四月十二日の夕方、事故が起きたのだ。

水谷建設の工事現場で、アルバイトの学生三人が、地中に打ち込んだチューブの中で溺死した。

それも、責任は水谷建設にある。しかも、三人もである。

公《おおや》けになれば、水谷建設の責任が問われる。

そこで、社長の水谷は、恐しい計画を立てた。

列車事故で死者が出る。その中に、三人の死者を埋没させてしまうという計画である。

死んだ三人の郷里は、秋田二人と、山形一人だった。となると、事故を起こす列車は東北へ向うものでなければならない。

ゴールデンウイークが迫っていた。三人の学生は、ゴールデンウイークには郷里《くに》へ帰ると、他の連中に喋っていたから、その間に走る列車ということになってくる。

もう一つ、必要なことがあった。それは、三人の死因が溺死だということだった。単なる事故で死者が出たのでは、その中に溺死体が混ざっていてはおかしくなる。

問題の列車は、鉄橋から転落し、客車が川に落ちる必要があった。

もちろん、水谷明は、こうした十津川たちの推理を頭から否定した。

「証拠がありますか？」

と、水谷はいった。

三人の遺体は、すでに家族によって、荼毘《だび》に付されてしまっている。

「東京周辺の冷凍倉庫を調べてくれ」

と、十津川は、部下にいった。

三人の学生が溺死したのは、四月十二日である。そして、問題の臨時特急「あけぼの51号」が転落したのは、五月三日深夜である。その間、放置しておけば、腐敗してしまう。それを防ぐために、大きな冷凍庫に入れておいたに違いないと思ったからである。

十津川の推理は適中した。

千葉市内の冷凍倉庫を、四月十二日に借りた会社が見つかったのである。架空の食肉会社だった。

しかも、その会社は、五月三日の午後、十一トントラックでやって来て、冷凍倉庫に入れてあった木箱三つを運んで行ったというのである。

その時、現われた男は、水谷建設の営業部長にそっくりだった。

まず、営業部長が逮捕され、社長の水谷明が自供した。

十津川は、水谷明にききたいことがあった。

「なぜ、あなたは、永井不二子を使って、あんな予言をさせたんですか？」

「私にだって、良心というものがあるからですよ」

と、水谷は、神妙にいった。

「どんなことです？」

「彼女の予言は適中する。彼女があいう予言をすれば、あの列車の乗客は少くなると思ったからです。私は、出来るだけ犠牲は少くしたかったんですよ。今更なんだといわれるかも知れませんがね。出来れば、五月三日の列車が、全部、動かないでくれれば良かった。そうなれば、私も諦《あき》らめて、工事の事故のことを公けにして、謝罪する気になったでしょうからね」

水谷は、大きく溜息をついた。

一瞬、十津川は、彼の言葉を信じかけた。が、すぐ、厳しい眼になって相手を見すえた。

「嘘をいってはいけませんね。工事現場で事故があったのは、四月十二日だ。ゴールデンウイークの列車の切符は、ほとんど売れてしまっていた。だが、あなたは、どうしても、ゴールデンウイークの列車の切符を三枚、手に入れる必要があった。それで、永井不二子にあんな予言をさせたんだ。信じない人もいるが、気味悪く思う人もある。予言された五月三日の特急の切符は買い控えるだろうし、キャンセルする人も出てくる。あなたは、それを狙ったんだ。少しでも良心がある人間なら、あんな恐しいことを最初から考えないよ」

東京―旭川殺人ルート

小鳥を飼う女

1

「すいません」

突然、背後から、声をかけられた。

西本《にしもと》が振り返ると、若い女が、コートの襟《えり》に、首を埋めるようにして、立っていた。

「え？」

という顔を、西本がすると、女は、

「この先のマンションまで、送ってくれません？　変な男に、つけられているんです」

と、低い声で、いった。

「いいですけど、どこのマンション？」

「ヴィラ三鷹なんです」

「それなら、方向が同じだから、喜んで、送りますよ」

西本は、微笑して見せた。

ヴィラ三鷹は、この辺では、豪華マンションといわれる建物だった。二年前に完成した十五階建のマンションだ。この辺では珍しく、地下駐車場がついている。

一刑事の西本が、逆立ちしても、住めるようなマンションではなかった。

すでに、時刻は午後十一時に近い。年が明け、一月下旬で、寒い盛りだった。粉雪がちらついて、この女も、駅で、タクシーが拾《ひろ》えず、歩いて来たのか。

そんなことを考えながら、西本は、女と肩を並べて、夜の道を歩いた。彼女は、時々、背後をふり返る。

ヴィラ三鷹に着くと、

「一緒に、部屋まで来て下さい。エレベーターが、怖いんです」

と、女は、いった。去年の暮れに、エレベーターの中で襲われかけた住人の女性がいるという。西本は、エレベーターで最上階の十五階まで、送って行った。

一五〇七号室が、女の部屋だった。名前を見ようとしたが、表札は、出ていなかった。

「お札に、コーヒーでも。いいでしょう？」

と、女は、いった。

西本は、内心、その言葉を期待していた。独身で、今から、1DKの部屋に帰っても、待っている女はいない。それで、西本は、ありがたく、コーヒーを、ご馳走《ちそう》になることになった。

2LDKの広い部屋だった。人の気配はないのに、女が、いきなり、

「ただいま。今帰りましたよ」

と、奥に向って、声をかけたので、びっくりしたが、奥の部屋に、鳥かごがあって、そこに飼っているインコに向って、あいさつしたのだと、わかった。

「今、コーヒーをいれますわ」

と女はいい、キッチンに入って行った。

その間、西本は、鳥かごを、のぞいていた。

「きれいな鳥ですね」

「もっと、赤くなるんですって」

と、彼女が、いう。全身が黄色で、頭の上だけが、鮮《あざ》やかに赤い。

「これ、インコでしょう?」

「ええ」

「インコって、喋《しゃべ》るんでしたね?」

「ええ。うちのは、オハヨウと、ある人の名前だけしかいえないの」

「何て、名前を覚えたんですか?」

「それはいえない――」

「ああ、あなたの恋人の名前?」

「コーヒーが、入りました」

女はキッチンから出て来ると、コーヒーを二つ並べた。

「お砂糖は、適当に入れて下さいな。あなたが、甘いのが好きなのかどうかわからないから」

と、彼女は、いい、シュガーポットを、西本の方に、押しやった。

「あなたは、砂糖は、入れないんですか?」

「太るのが、怖いんです」

女が、笑って、いう。

インコだけが、けたたましく、鳴く。

「お客さんが来ると、嬉《うれ》しいらしくて、よく鳴くんです」

「歓迎されてると、思っていいのかな？」

「ええ」

「一つ、質問していいですか？」

「名前なら、白石麻里《しらいしまり》。年齢は、二十歳から三十歳の間」

「ありがとう。しかし、他の質問がしたかったんだ」

「何なの？」

「怖いから、一緒にマンションまで、送ってくれと、いったでしょう？」

「ええ」

「僕は、怖くなかったの？　そんなに、聖人君子に見えたのかな？」

「ええ。といいたいけど、違うの」

女が、ニッと、笑う。

「どう違うの？」

「あなたが、刑事さんだって、知ってたの」

「どうして？」

「半月前、このマンションで、事件があったでしょう？」

「ああ、七階で、若い女性が殺された事件だ」

「あの時、刑事さんが沢山《たくさん》来て、その中に、あなたもいらっしゃったわ。それを覚えていたから、安心して、声をかけたんです」

「よく、僕の顔を覚えていてくれましたね」

「あなたが、一番、ハンサムだったから」

と、女は、微笑した。

西本は、照れて、眼を宙にやった。

「この部屋は、高いんでしょうね。入口にも、セキュリティシステムがついているし、駐車場はあるし――」

「あのセキュリティシステムは、あんまり、信用してないの」

と、彼女が、いう。

「七階の事件があったから？」

「ええ。自分のキーで開けて、マンションに入るんですけど、キーがなくても、他の人と一緒に入れるし、出て来る人と、入れ違いに入れるんです」

「そういえば、七階の事件も、必ずしも、内部の人間か、被害者の顔見知りでなくても、マンションに入れるということで、未だに、犯人が限定できずにいるんだった」

「だから、余計に怖くて、あなたに、一緒に、帰って貰《もら》ったんです」

と、女は、いった。

「オハヨウ、オハヨウ」

突然、インコが、変に甲高い声で、いった。

「お腹《なか》がすいてるみたい」

と、女は、笑い、鳥かごの傍《そば》に行き、

「ピーちゃん、お腹すいてるの？」

と、話しかけている。

「ピーちゃんっていうんですか？」

「名前を考えたことがあるんだけど、面倒くさくなって、ピーちゃん。ああ、棚の上に、エサがあるから、取って下さらない？」

「中インコのエサっていうやつ？」

「ええ」

「インコの大きさによって、エサが違うんだ」

「そうみたいなの」

西本が、箱ごと、持って行くと、女は、エサ箱の中に、細かい粒のエサを、流し込んだ。

「可愛いね」

「刑事さんは、飼《か》ってないの？」

「僕の名前は、西本」

「その西本さんは？」

「以前、文鳥を飼ってたことがある。中学生の頃《ころ》だけどね。このインコは、手のりにならないの？」

「鳥屋さんに頼んで、羽根を切って貰ったんだけど、それでも、窓を開けてると、飛び出してしまうの。だから、かごから出すときは、窓を閉めておかないと」

と、女は、いった。

「じゃあ、今なら、出せるわけだ」

「ええ。ピーちゃんは、頭がいいから、カギを外すと、自分で、出て来るの」

女は、扉のカギを外して見せた。

カチンと音がしたとたん、かごの中のエサ箱で、エサを突ついていたインコは、さっと、扉《とびら》の傍に来ると、片足で、扉を開けて、飛び出した。

そのまま、女の肩に止まって、首をかしげるようにして、西本を、見ている。

「僕が、珍しいのかな？」

「何にでも、好奇心が、旺盛《おうせい》なの」

「また、鳥を飼いたくなったな」

「じゃあ、インコにしなさいな。言葉を教える楽しみがあるわ」

「でも、そのピーちゃんは、オハヨウと、恋人の名前しか、いえないんでしょう？」

「ふふ」

と、女は、笑った。照れて笑ったのか、それとも、西本の勝手な思い込みを笑ったのか判断がつかなかったが、若い西本にしてみれば、若い彼女と、話しているだけで、楽しかった。

「もっと、沢山、覚えさせたいんだけど、忙しくて」

と、女は、いった。

「どんな仕事をやってるの？」

西本は、もう一度、部屋を見廻《みまわ》した。壁に、パネルが、何枚も飾ってある。

「あのヌード写真、あなたじゃないのかな？」

「ええ」

「じゃあ、モデル？」

「ええ。でも、今、写真の勉強していて、将来は、カメラマンになりたいの。今、写真家といったら、男性が、殆《ほとん》どでしょう。だから、女性が進出する余地は、いくらでもあると思ってるの」

「それで、上等なカメラがあるんだ。ライカでしょう？」

西本は、ガラス張りのサイドボードに、眼をやった。ライカが、何台も並んでいる。

「ええ。ライカが好きで、M１から揃《そろ》えているの」

女は、ちょっと、誇らしげな顔をした。

その間に、彼女の肩に止まっていたインコは、軽い羽音を立てて、棚の上に飛んだり、鳥かごの上に、飛んだりしていた。

西本は、それを、眼で追いながら、

「今度は、インコを飼ってみよう」

と、いった。

2

ヴィラ三鷹の七〇五号室で殺された女の名前は、小坂井《こさかい》みどり。二十八歳だった。銀座のクラブ「ミラージュ」のホステスである。店が休みの日曜日の午後七時から八時の間に、ナイフで胸を刺されて、殺されたのである。

一月十六日だった。

三鷹署に、捜査本部が置かれ、十津川が、捜査の指揮を執った。

問題のマンションには、セキュリティシステムがあるので、犯人の逮捕は、比較的簡単だろうと、思われた。

玄関のドアを開けるには、入口で各部屋のナンバーを押し、その部屋の住人が、スイッチを押さなければならない。

他には、住人が、各自のキーを、入口のカギ穴にさし込めばドアが開く。

従って、空巣《あきす》が入り込んで、殺したというケースは、考えられないと、思われたのである。犯人は、被害者、小坂井みどりと関係がある人間に違いないと、十津川は、考え、捜査本部の捜査方針ともなったのである。

小坂井みどりの男性関係は、かなり、派手だった。一番先に疑われたのは、彼女のパトロンだった新宿の宝石店の主人だった。

彼は、毎月、五十万の手当を、彼女に渡していたことは認めたが、犯行の日、一月十六日には、きちんとしたアリバイがあった。

他にも、十人余りの容疑者の名前が、浮んだ。その中には、有名スポーツ選手や、タレントの名前もあった。

だが、いずれも、アリバイがあるか、動機が、見つからなかった。

それ以上に、十津川を悩ませたのは、セキュリティシステムのことだった。

出入りに厳重な制約があると思ったのだが、実際に調べてみると、意外に、穴があることが、わかったのである。

住人のように、キーを持っていなくても、出入りが出来ることが、わかったのだ。

住人が、キーをさし込んで、ドアを開ける。そのとき、一緒に入ってしまえば、いいのである。

また、出るときは、ドアは、自動的に開く。だから、ドアの前にいて、人が出て来たとき、入ってしまえば簡単に入れる。

入ってすぐのところが、広いロビーになっていて、インフォメーションのカウンターがある。そこに、管理人がいる時もあるが、電話がかかると、管理人室に入って、電話を受けてしまう。また、マンション内で、用事があれば、当然、管理人は、受付から離れてしまう。

つまり、見とがめられずに、中に入るのは、比較的、楽だとわかってきたのである。

もし、犯人が、郵便配達、宅配人、飲食店の店員、或《ある》いは、電気、水道などの工事人なら、疑われずに、中に入れるし、服装を真似た人間も、同じなのだということだった。

これによって、一挙に、容疑者の範囲は、広がってしまい、ついに、容疑者が、絞れないままに、十五日間が、たってしまったのだった。

捜査会議の際、西本は、白石麻里に聞いた話を十津川に、伝えた。

去年の暮れに、あのマンションのエレベーターの中で、住人の若い女性が、チカンにあった話である。

「そんな話は、聞かなかったぞ」

と、十津川は、眉《まゆ》を寄せた。

「その女性が、警察にも、管理人にも話さず、すぐ、引っ越してしまったからだと思います」

「君は、どうして、知ったんだ？」

「偶然、あのマンションの住人の一人と知り合いまして、この人が、その女性と仲が良くて、彼女から話を聞いたのだと、いっていました」

「チカンにあった女性の名前は、わかるか？」

「聞いておきました」

西本は、手帳のページを開けて、十津川に見せた。

十津川は、それを、黒板に、書きつけた。

畑《はた》　恵子《けいこ》
北海道旭川《あさひかわ》市×町××番地

十津川は、自分の書いた文字に眼をやって、

「あのマンションで、独身の女が殺される約一ヶ月前に、エレベーターの中で、チカンにあった住人の女がいたということだな」

「関係があるかも知れませんね」

と、亀井が、いった。

「君は、この事件について、詳《くわ》しい話を聞いているのか？」

十津川が、西本に、きいた。

「その畑恵子という女性は、二十七、八歳で、殺された小坂井みどりと同じく、六本《ろっぽん》木《ぎ》で、ホステスをやっていたそうです。去年の十二月の末、二十五日か二十六日らしいんですが、店が終ってから、午前一時近くに、マンションに帰った。エレベーターに乗り、自分の部屋のある十五階のボタンを押したところ、七階で、止まったというのです。こんな深夜に、おかしいと思っていたら、若い男が乗って来た。それでも、てっきり、マンションの住人の一人だろうと思っていたら、いきなり、抱きついて来たというんです」

「それで？」

「普通の若い女性なら、ふるえあがったかも知れませんが、彼女は、水商売を四、五年やっていたので、いきなり、男の腕に嚙《か》みついたそうです。男が、ひるむ隙《すき》に、十階でエレベーターを止めて、飛び出したといっています。犯人は、エレベーターで、一階へ逃げ、マンションから、出て行ったんじゃないかということです」

「その犯人が、マンションの住人じゃないことは、間違いないのか？」

「外部の人間だということは、間違いないようです」

「そのあと、彼女は、引っ越して行ったんだな？」

「そこにある旭川市というのは、彼女の郷里だそうです。前々から、両親に、帰って来いといわれていて、事件のせいで、東京に嫌気《いやけ》がさして、去年の暮れに、あわただしく、引っ越して行ったそうです」

と、西本は、いった。

「彼女は、その犯人の顔を覚えているかね？」

「まだ、一ヶ月しかたっていませんから、覚えていると思います」

「それなら、日下《くさか》刑事と一緒に、旭川に行って彼女に会い、犯人の似顔絵を作って貰って来い」

と、十津川は、西本に、命じた。

西本は、翌朝、日下と、羽田《はねだ》に向った。

旭川行の一番便に、二人は、乗った。

「どういう女なんだ？」

と、飛行機の中で、日下が、きいた。

「何のことだ？」

「君に、畑恵子のことを話してくれた女だよ。きっと、若くて、美人なんだろうな？」

「カメラマンだよ」

「女の？」

「最近は、女性カメラマンも、珍しくないらしい」

「旭川の仕事がすんで、東京に戻ったら、ぜひ、紹介して欲しいね」

と、日下は、いった。

旭川の上空は、吹雪《ふぶき》だった。おかげで、二人の乗った飛行機は、滑走路の除雪がすむまで、上空で、旋回を続けた。

機内アナウンスは、このまま、吹雪が続けば、千歳《ちとせ》空港に着陸することになるかも知れないと、告げた。

二十分も、旋回したあと、吹雪が止《や》み、着陸することが出来た。

空港から、タクシーで、問題の番地に向った。市内の道路は、除雪されている。雪国だけに、道路の除雪や、雪を溶かす技術は、秀《すぐ》れているのだろう。積雪は、山をなしているのに、道路を走る車は、タイヤチェーンをしていないで、平気で走っている。

問題の番地にあったのは、中堅のスーパーマーケットだった。

彼女の実家は、スーパーをやっていたのだが、なぜか、臨時休業の札が、下《さが》っていた。

西本たちを、嫌な予感が、襲った。近くの酒屋できくと、家族に不幸があったので、店を閉めているという。

詳しくきくと、やはり、東京から帰った娘さんが、亡くなったのだという。

「恵子さんのことですね？」

西本が、確かめるようにきくと、酒屋の主人は、

「そうです。次女の恵子さんです」

と、いってから、急に、声をひそめて、

「それも、殺されたんですよ。パトカーが来て、大変でした」

「殺されたんですか？」

「ええ。昨日の夜、雪の中で、背後《うしろ》から刺されたんです。物盗《ものと》りの犯行らしいですよ」

と、酒屋の主人は、いった。

二人の刑事は、旭川警察署に、足を運んだ。なるほど、捜査本部の看板が、かかっている。

西本たちは、そこで、木村《きむら》という警部に会い、旭川に来た事情を説明した。

「なるほど」

と、木村は、肯《うなず》いてから、

「それは、残念だったねえ」

「殺されたのは、一月三十一日ですね？」

「そうです。昨日の午後九時から十時の間です。畑恵子は、東京から帰ってから、父親の用意してくれたマンションに住んでいたんですが、時々、スーパーの仕事を手伝っていました。昨日も、その仕事をすませてから、マンションまで、歩いて、帰ろうとしていたんです。歩いて、十五、六分のところにありますからね。その途中で、狙《ねら》われたんです」

「物盗りの犯行ということですか?」

「断定はしていません。十五、六万円が入っていた財布はなくなっていたので、物盗り説も捨て切れないと考えただけです。ただ、いきなり、背中から刺されているので、顔見知り説も残っています」

　木村は、慎重に、いった。

「彼女は、東京から、去年の暮れに帰って来た筈《はず》ですが、なぜ、帰郷したか、わかりますか?」

　と、西本は、きいた。

「もちろん、捜査の過程で、いろいろと、聞き込みをやりました。両親や、姉の話では、もう二度と、東京には、行きたくないと、いっていたそうです。よほど、嫌な思い出があったんだと思いますが、それがどんなことなのか、具体的なことは、わからないのです。被害者は、話さなかったようで」

「彼女の住んでいたマンションで、エレベーターに乗っているとき、チカンにあったのです」

西本は、麻里に聞いた話を、木村に伝えた。

「そんなことが、あったんですか」

「それで、東京は、怖いところだと思い、帰郷したんだと思いますが――」

「その郷里の旭川も、怖いところだったということになってしまった――」

木村は、ぶぜんとした顔になって、いった。

このあと、西本たちは、現場の写真や、地図を見せて貰った。

深い積雪に、俯《うつぶ》せに倒れている被害者の写真。

「多分、彼女は、犯人に追われて、積雪の中へ逃げようとしたんだと思いますね。こっちの方に、家がありますから」

と、木村が、説明する。

「犯人は、いきなり、刺したんですか？　それとも、最初は、金をよこせといい、逃げられないようにと、背中を刺したんでしょうか？」

日下が、きいた。

「今もいったように、逃げようとしたところを刺されていますね。一応、後者だと考えています」

「刺傷は、一ヶ所ですか？　写真だと、他にもあるように、思えますが」

「三ヶ所、刺されています。いずれも、背中からです」

「それは、止《とど》めを刺したという感じなんですか？」

「わかりませんね。夢中で刺したのかも知れません」

「帰郷してから、一ヶ月あまりだと思いますが、その間に、彼女は、似たような事件に、あっていたんでしょうか？」

と、西本は、きいた。

木村は、微笑した。

「私も、同じことを考えました。被害者のマンション近くで、怪しい男が、夜、じっと立っていたといった証言があるんですが、それが、犯人とは断定できません。問題のマンションは、独身女性が多く住んでいましてね。恋人や、ヒモが、夜、自分の彼女の帰りを、じっと待っていることが、よくあるんです」

「寒い雪の中でですか？　旭川といえば、日本で一番寒い所だと聞いていますが」

「土地の人間は、慣れていますから」

と、木村は、笑った。

とにかく、まだ、一日しかたっていないのだ。捜査方針が、決まらないのも、不思議はない。

その日、二人は、市内のホテルに泊ることにして、夕食のあと、西本は、十津川に、畑恵子が殺されたことを、報告した。

「私も、日下も、驚きました」

「問題は、犯人の動機だな」

と、十津川は、いった。

「私も、そう思います。単なる物盗りの犯行なら、無視できますが、東京のマンションでのチカンと関係があるとすると、考えざるを得ません」

「それに、小坂井みどり殺害との関係だ」

と、十津川は、いう。

「警部は、あのマンションの殺しは、ひょっとすると関係があると、お考えですか？」

西本が、きいた。

「そうなんだ。ヴィラ三鷹というマンションで、たて続けに、事件が起きたわけだからな。エレベーター内でのチカン被害、そして、殺人だ。しかも、狙われたのは、いずれも、若い独身の女だ。そして、チカンにあった女は、引っ越し先の旭川で、殺されたとなると、どうしても、何か関係があると考えるのが、自然じゃないかね？」

「こちらでも、畑恵子殺しについて、東京でのチカン被害も、考えて、調べ直したいと、いっています」

「物盗りと断定できないという見方だな」

「そうです。とにかく、まだ、一日しかたっていませんから、これから、さまざまなことが、わかってくると思っています。明日、畑恵子の家族に会って、話を聞いてみたいと思っています」

と、西本は、いった。

3

翌日は、眩《まぶ》しいくらいの快晴だった。

二人の刑事は、サングラスをかけ、畑恵子の家族に、会いに出かけた。

まず、彼女の両親に、会った。

父親は、五十二歳、母親は、五十歳と、まだ、若かった。

「やっと、旭川へ帰って来たと思ったら、こんなことになって、残念です」

と、父親は、いい、母親は、

「私は、物盗りの犯行なんて信じられません。ただ、お金を盗るためなら、殺さなくてもすむことなんですから」

と、抗議するように、いった。

恵子の姉の章子《あきこ》は、旭川で結婚していたが、彼女の話は、更に、積極的だった。

「恵子を殺したのは、顔見知りの人間だと思います。きっと、見つけてやろうと思っています」

と、彼女は、いった。

「なぜ、そう思うんですか？」

と、西本は、きいた。

「恵子は、東京で水商売をやっていました」

「知っています」

「その間に、お金を貯《た》めていたんです。あの子は、宝石が好きで、いろいろ身につけていたんですよ。五百万で買った二・八カラットのダイヤの指輪とか、ゴールドのロレックスの腕時計とか。十何万かの現金は盗まれたのに、そんな指輪や、腕時計が盗られていないんです。物盗りの犯行なら、変じゃありません？」

「しかし、現金は、足がつかないと思って、現金しか盗らない犯人もいますが」

日下がいうと、章子は、

「ええ。それは、ここの刑事さんも、いっていましたわ。でも、妹が身につけていたものの中で、一番安いと思う星型のペンダントが、なくなっているんですよ。銀製で、星の真ん中に、小さなダイヤが埋め込まれているものですけど、せいぜい、十万くらいのものですわ」

と、章子はいい、メモ用紙に、そのペンダントの絵を描いてくれた。大きさは、五、六センチのものだという。

「しかし、このペンダントのことは、道警では、知らないみたいでしたがね」

西本が、いうと、章子は、

「あんまり、物盗りだ、物盗りだというから、わざと、話さなかったんです。それに、ひょっとして、このペンダントは、落としたのかも知れないと、思ったからですわ。前に、鎖《くさり》が切れて、落としたことがあるといっていましたから」

「殺される直前にも、妹さんに、会っていらっしゃいますか？　殺された一月三十一日は、どうですか？」

西本が、きいた。

「あの日は、会っていないんです。前日の三十日には、会っていますわ」

「その時には、そのペンダントは、身につけていましたか？」

「ええ。していました。妹は、大柄なので、その大きなペンダントが、似合うんですよ」

「一月三十一日、ペンダントをマンションに置いて、身につけないで、スーパーで働いていたということは、考えられませんか？」

「それも考えましたわ。それで、妹の部屋を調べてみましたけど、ありませんでした。だから、あの日、ペンダントをして出たことは、間違いないんですよ。だから、どこかで落としたか、犯人に、盗られたかのどちらかなんです」

「ここの警察には、ペンダントのことを、話された方がいいですよ。別に物盗り説に固執《こしつ》しているわけではないようですから」

と、西本は、いってから、

「東京のマンションのエレベーターの中で、チカンにあったことを、妹さんは、あなたに話していましたか？」

と、きいた。

「ええ。それが怖くて、旭川に帰って来たといっていましたけど」

「どんな風に、話したんでしょうか？」

「夜おそく、マンションに帰って来て、エレベーターに乗ったら、途中の階で、若い男が乗って来て、いきなり抱きすくめられた。それで、突き飛ばして逃げたと、いっていましたわ」

「犯人の腕に、噛みついたとは、いっていませんでしたか？」

西本がいうと、章子は、びっくりして、

「妹は、そんなことをしたんですか？　私には、ただ、突き飛ばして逃げたと」

「おかしいな。なぜ、そんなことで、嘘《うそ》をついたんでしょうか？」

　西本は、首をひねった。

「妹らしくありませんわ」

　と、章子が、いう。

「嘘をいったことがですか？」

「いえ。犯人の腕に嚙みついたということですわ。突き飛ばすぐらいのことはするでしょうけど、嚙みつくというのは、妹らしくないと思うんです」

「そうですか」

「それにしても、なぜ、嚙みついたなんて、嘘をついたのかしら？」

　今度は、章子が、首をかしげている。

「東京で、妹さんが、親しくしていた男のことを、何か知りませんか？」

　と、日下が、きいた。

「残念ですけど、知らないんです。妹は、何も話してくれませんし、持ち帰った手紙や、写真は、全部、焼いてしまったんですよ」

　と、章子は、いう。

「なぜ、そんなことをしたんでしょうか？」

「妹は、東京でのことは、全《すべ》て忘れて、この旭川で、生れ変りたいと、いっていました」

「あまり、いい思い出は、持っていなかったんですかねえ?」

「かも知れませんわ」

「妹さんのマンションを見せて貰えませんか」

と、西本は、いった。

「構いませんけど、襲われたとき、身につけていたものは、まだ、旭川警察署に、保管されていますわ」

「それでも、構いません」

と、西本は、いった。

七階建のマンションだった。確かに、スーパーから歩いて、十五、六分の近さである。

その三階の2DKの部屋だった。

章子に続いて、中に入った西本は、おやっという顔になって、

「小鳥がいますね」

「ええ。妹が、好きだったんです。あたしの家へ持って行きたいんですけど、うちは、猫が二匹もいるので、こうして時々、エサをやりに来てるんです。かごの掃除もしなければいけないんで、これから、どうしようかと」

「インコですね？」

「ええ。可愛いでしょう？」

と、章子は、微笑した。

全身が黄色で、頭部が赤い。

西本は、いやでも、ヴィラ三鷹の白石麻里のことを、思い出した。彼女の部屋で見たのと、同じ種類のインコではないか。

部屋は、床暖房なので、温かい。

「妹さんは、東京でも、インコを飼ってたんじゃありませんか？」

と、西本は、きいた。

「と、思いますよ。恵子は、小鳥が好きだったから」

「東京のインコを、持って来たんじゃありませんか？」

「これは、帰って来てから、旭川で、買ったものですわ」

「東京で飼っていたのは、どうしたんでしょう？　誰かに、あげたといった話は、きいていませんか？」

と、西本は、きいた。

「それは、きいていませんわ」

章子は、いう。

「鳥の話は、どうでもいいじゃないか。それより、部屋の中を、調べよう。犯人の手掛りがつかめるかも知れない」

日下が、口を挟んだ。

「わかっている」

と、西本は、いったものの、どうしても、白石麻里のことが、頭から離れなかった。彼女が飼っていたインコのことがである。

あのインコは、帰郷する畑恵子に貰ったものではないのか？

もし、そうなら、なぜ、麻里は、話してくれなかったのか？

どうでもいいことかも知れないが、やたらと、引っかかるのだ。

「何もありませんねえ」

と、日下が、文句をいっている。

「さっきもいったように、思い出になるようなものは、全部、妹は、焼いてしまいましたから」

と、章子が、いう。

西本も、日下に、加勢することにした。上等な家具や、二十九インチのテレビなどは、東京から、送ったものだろう。

タンスには、高価そうなドレスがあふれ、着物も、引出しに入っている。

だが、写真のアルバムも、手紙の束もない。どこか異様である。

（これは、東京の思い出は、全て、断ち切りたいという恵子の強い意志の表われなのか）

問題は、本当に、断ち切れたかどうかということである。

犯人が、その過去の中から、やって来たのだとしたら、彼女の願いは、空《むな》しかったことになる。

結局、２ＤＫの部屋からは、何も見つからなかった。

午後になってから、西本と、日下は、もう一度、旭川署に、木村警部を訪ね、何か進展があったかを、きいてみた。

「聞き込みで、いくつか、わかったことがあります。その一つが、旭川空港のロビーで、被害者を見かけたという証言です」

と、木村は、いった。

「空港でですか？」

「そうです」

「何処《どこ》かに行くところだったんでしょうか？」

「目撃者の話では、誰かが着くのを待っているようだったと、いっています」

「いつのことですか？」

「一月六日の午後だそうです」

「正月三ヶ日が明けてからですか。その目撃者は、信頼できる人ですか？」

「畑恵子の父親の友人です。彼女のことは、子供の頃から知っているし、帰郷してからも会っていますから、見間違えることはないと思います。彼は、東京に、仕事上のことで行くところだったので、そのあと、恵子がどうしたかはわからないと、いっています」

「彼女は、東京に、何年いたんでしたか？」

「五年間です」

「すると、東京から来た人間を迎えに行った可能性もありますね？」

「そうです」

「しかし、おかしいな」

「そうでしょう？　東京の思い出は、断ち切りたいと願っていた筈ですからね」

と、木村も、いった。

二日間、旭川にいて、二月二日に、西本と、日下は、東京に戻った。

十津川への報告を、日下に委《まか》せて、西本は、まっすぐ、ヴィラ三鷹に向った。どうしても、白石麻里に、ききたいことがあったからである。

すでに、夕闇《ゆうやみ》が、立ち籠《こ》めていた。

玄関に立ち、1507と、番号を、押す。だが、インターホンは、応答がない。もう一度、押してみたが、同じだった。

西本は、今度は、管理人のボタンを押した。

ガラスの扉の向うに、中年の男が、現われ、扉越しに、

「何かご用でしょうか？」

と、きく。

西本は、警察手帳を、示した。扉が開いた。

「一五〇七号室の白石麻里さんに会いに来たんですが、留守みたいですね？」

と、西本が、きくと、

「一昨日《おととい》から、お留守です」

管理人がいう。

「じゃあ、今日で、三日間留守なんですか？」

「ええ。ナマモノの宅配が来ているんですが、困っているんですよ」

「部屋を開けて下さい」

「しかし、本人の許可がないと――」

「緊急事態です。私が、責任を取ります」

西本は、険《けわ》しい眼になって、いった。

管理人も、あわてて、マスター・キーを取り出すと、二人で、十五階まで、あがった。

一五〇七号室のドアを開ける。

西本は、一瞬、最悪の事態も、予想した。七階の部屋のように、部屋の中で、胸を刺されて死んでいる麻里の姿をである。

だが、死体はなかった。

白石麻里本人もである。部屋の明りはついていた。

二人が入ると、奥で、バタバタと、羽音がした。西本が、のぞくと、例のインコが、しきりに、かごの中で飛び廻っている。

エサ箱も、水呑《みずの》みも、カラに近かった。

インコは、何かを訴えるように、飛び廻りながら、

「オハヨウ、オハヨウ」

と、甲高い声をあげる。

西本は、あわてて、エサと、水を与えた。

「小鳥がいるのに、白石さんは、何処へ行ったんですかねえ？」

と、管理人が、文句をいった。

インコは、飛び廻るのを止めて、エサを、突っついている。

「彼女が、何処へ行ったかわからないんですか？」

西本は、インコに眼をやりながら、管理人にきいた。

「わかりません。ここに住んでいる人は、みんな、プライベートなことに触れられるのを嫌がりますからね」

「このインコですが、いつから、白石さんが飼っているか、わかりますか？」

「さあ。いつからですかねえ」

「同じ十五階に、畑恵子さんという女性が、住んでいましたね？」

「ええ。一五〇九号室。この一つおいた部屋です」

「彼女も、インコを飼っていたと思うんだが、どうですか？」

西本が、きくと、管理人は、困惑した顔で、

「今もいいましたように、私は――」

「住人のプライバシィには、立ち入らない？」

「そうですよ」

と、管理人は、怒ったように、いった。

西本は、部屋の中を見廻した。先日、ここへ来たときと、変ったところは、見られない。部屋を荒らされた形跡もなかった。

西本は、携帯電話で、三鷹署の捜査本部にかけ、十津川に、白石麻里がいなくなっ

たことを告げた。

「旅行に出ている可能性もあるんだろう？」

と、十津川が、いう。

「可能性はありますが、私は、何か理由があって、姿を消したか、誘拐《ゆうかい》されたと、思っています」

「なぜ、そう思うんだ？」

「インコです」

「インコ？」

「ええ。彼女は、インコを飼っていて、とても、可愛がっていました。ところが、今、この部屋に入ってみると、エサも、水も、殆《ほとん》ど無くなっているのです」

「可愛がっていれば、そんなことはしないというわけか？」

「そうです。今は、小鳥ショップで、何日間か、預かってくれます。旅行に出かけたのなら、彼女は、預けてから行くと思うのです」

「確かに、おかしいな」

と、十津川は、いってから、

「君の情報源は、その白石麻里さんだったのか？」

と、きいた。

「それは――」

「若くて、美人らしいな」

「――」

「すぐ、日下刑事たちを行かせる」

と、十津川は、いった。

日下と、三田村《みたむら》、それに、北条早苗の三人の刑事が、パトカーで、駈《か》けつけた。

四人で、2LDKの部屋を、隅から隅まで、調べる作業が、始まった。

もし、白石麻里が、誘拐されたのだとしたら、顔見知りの犯行の可能性がある。とすれば、犯人から手紙が来ているかも知れない。一緒に撮った写真があるかも知れない。

アルバム一冊と、手紙の束が見つかり、それを、四人で、調べていった。

アルバムを見ていた北条早苗が、急に、

「何なの？　これ」

と、大きな声をあげた。

そのページには、驚いたことに、西本の写真が二枚、貼《は》りつけてあったのだ。

「昔からの知り合いだったのね」

と、早苗が、からかうように、いう。

「止《よ》してくれ。彼女に、写真を撮られた覚えなんかないんだ」

西本は、顔を赤くして、いった。

「でも、間違いなく、西本さんの顔よ」

「待てよ」

と、三田村が、口を挟んだ。

「西本の背後《うしろ》に写っているのは、ぼんやりしているが、日下だろう？」

「ああ、そうね」

「どうやら、望遠レンズを使って、撮ったものだよ。多分、このマンションの七階で、殺人事件があったときだ。われわれが、調べに来たとき、望遠レンズで、撮ったんだ」

「そういえば、あの事件のとき、おれを見たので、前から、刑事だとわかっていたと、彼女は、いっていた」

と、西本は、いった。

「サイドボードの中に、ライカも、望遠レンズもあるわ」

と、早苗が、いった。

「彼女、カメラマン志望なんだ」

「だから、殺人事件の捜査に来た刑事に興味を持って、カメラで、狙《ねら》ったわけ？」

「他に考えようがないよ」

と、西本は、いった。

「彼女って、盗み撮りが、好きだったみたいね」

早苗は、ページを繰りながら、いう。確かに、ここの管理人が、若い女と立ち話をしているショットだとか、夜の連れ込み旅館に入る男女のシルエットといった写真が、何枚も、アルバムには、貼ってあった。

西本は、サイドボードから、ライカM6と、望遠レンズを取り出した。M6に、一〇〇〇ミリの望遠レンズをつける。かなり重い。

「彼女、車を持っていますか？」

と、西本は、管理人に、きいた。

「ええ。真っ赤な、小さい車を持っていますよ。何といいましたかね？　角張った、外国製の——？」

「ミニ・クーパー？」

「ええ。それです」

「今も、地下の駐車場にありますか？」

「いいえ、見えません。だから、てっきり、旅行に出られたとばかり、思っていたんですがねえ」

と、管理人は、いう。

「それなら、カメラも持って行く筈だ」

と、西本は、いった。

アルバムにも、旅行先で撮った写真が、沢山貼ってある。北陸、四国、九州、それに、伊豆《いず》の写真である。

カメラマン志望なら、当然、旅には、カメラを、持って行くだろう。どんな素敵なシャッターチャンスがあるかわからないからだ。

写真アルバムや、手紙から、親しくしていたと思われる何人かの名前が、浮んできた。

西本たちは、その名前を、手帳に書き写してから、捜査本部に、引き揚げた。

西本たちの報告を聞いた十津川は、当惑した顔になった。

「君たちにいっておきたいが、われわれの捜査の主目的は、あのマンションの七〇五号室で、殺された小坂井みどり事件の捜査だよ。白石麻里が誘拐されたという証拠はないんだし、旭川で殺された畑恵子の事件は、あくまで、北海道警の事件だ。それは忘れないでくれ」

「しかし、小坂井みどり殺しと、関係があるとすれば、別じゃありませんか？」

西本が、いった。

「もちろんだ。だが、関係があるとわかるまでは、あまり、脇道《わきみち》へ、それないで、捜査を進めたいんだよ」

と、十津川は、いった。

多分、若い西本刑事への注意もあった筈である。

だが、西本は、白石麻里のことが、気になって仕方がなかった。

十津川が、危惧《きぐ》したように、殺された小坂井みどりのことよりもである。すでに、殺されてしまったのではないかとである。

冷静に考えられなくなって、最悪の事態を考えてしまう。誘拐され、すでに、殺され

同僚で、いつもコンビを組む日下には、

「ぼんやりしすぎているぞ。彼女のことが、そんなに心配か？」

と、からかわれるのだが、西本は、

「ああ、心配だ。誘拐された可能性が強いからな」

と、いった。

「しかし、誰が、何のために、誘拐するんだ？　そんなに、彼女は、資産家なのか？」

「誘拐の目的なんか、わからないさ」

西本が、怒ったように、いったとき、彼の前の電話が鳴った。

西本が、受話器を取る。

「ヴィラ三鷹の管理人ですが、西本刑事を」

「私が、西本だ。白石麻里さんのことで、何かわかったのか？」

「今朝、お帰りになりました」

「帰った？」

西本は、奇妙な感じに襲われた。無事だったということに、ほっとしながら、同時に、拍子《ひようし》抜けした。あれだけ心配したのは、何だったのかという思いが、交錯《こうさく》したのだ。

「彼女は、どういってるんだ？」

「疲れたといって、しばらく、お休みになるそうです」

「私たちが、彼女の部屋を調べたことは、いったのか？」

「いいえ。ただ、西本さんが、小鳥のことを心配するので、私が、部屋に入り、エサと水をあげたことは話しました。黙っていると、不審に思われますから」

「それについて、彼女は？」

「ありがとう、といっておられます」

「今日、帰りに、そちらへ寄ります」

と、西本は、いった。

彼が、白石麻里が帰ったことを話すと、十津川は、笑って、

「良かったじゃないか」

「しかし、どうも、解《げ》せないのです」

と、西本は、いった。

彼は、帰りに、ヴィラ三鷹に、寄った。麻里は、少し、やつれた感じの顔で、西本を迎え、いつかと同じように、コーヒーをいれてくれた。

「管理人に聞きました。ピーちゃんのことを、心配して下さったんですってね。おかげで、ピーちゃんも、死なずにすみましたわ」

「三日も、帰っていないと聞いたものでね。どうしたんですか？」

と、西本は、きいた。

「骨休めに、伊豆の温泉へ行ったんです。ピーちゃんのこともあるので、一泊くらいで帰るつもりだったんです。それが、急に、熱が出てしまって、三日間、意識不明になってしまったんです。それで、管理人さんにも、連絡がとれなくて。ピーちゃんのことが、心配だったんですけどねえ」

麻里は、溜息《ためいき》をついた。

「もう、いいんですか？」

「ええ。もう、大丈夫です」

「しかし、まだ、疲れている感じがするなあ」

「そうですか。まだ少し、身体《からだ》が、だるいんですけど、大丈夫ですわ」

「伊豆の何処へ行ったんですか？」

西本がきくと、麻里は、苦笑して、

「私の話を、疑っていらっしゃるの？」

「そんなことはありません。無事に帰って来たんだから、それで、十分ですよ」

西本は、あわてて、いった。

そのまま、帰ってしまったが、帰宅してから、旭川で、畑恵子が殺されたことを話すのを忘れたことに、気付いた。

西本は、麻里に、電話をかけた。

しかし、話し中だった。仕方なく、三十分ほど、間をおいて、また、電話をかけた。

今度は、麻里が出た。

「西本です」

「ええ」

「旭川に帰った畑恵子さんですが、一月三十一日の夜、向うで、何者かに、殺されました」

「──」

「白石さん」

「ええ」

「畑恵子さんが、殺されたんです。丁度《ちょうど》、あなたの、旅行中にです」

「私は、関係ありませんわ」

「そんなことは、わかっています。私がききたいのは、あなたが飼っているインコのことなんです。そのピーちゃんですが、旭川に帰郷する畑恵子さんに、貰ったんじゃありませんか？」

「そんなことは、ありませんわ。私が、買ったんです」

麻里は、きっぱり、いった。そのいい方が、かえって、西本に、疑惑を持たせた。

しかし、彼女が、自分で買ったという以上、違うでしょうとは、いえない。それに、たかが、一羽のインコのことで、彼女が嘘をつく理由が、見つからないのだ。

結局、電話での質問は、納得《なっとく》できないまま、終ってしまった。

西本の胸にだけ、わだかまりが、残る結果になってしまい、その夜、ベッドに入ってから、なかなか、眠れなかった。

白石麻里は、嘘なんかついていないと思いたい。若い女が、男に肩を並べて、カメラマンになろうとしているのだ。

立派なものだと、思う。

その一方で、彼女には、どこか、不審な匂《にお》いがついて廻る。疑い出すと、いくらでも、怪しい影が見えてくるのだ。

あの夜、彼女が、マンションまで送ってくれと、声をかけて来たことさえ、作為を感じてしまうのである。

(詰《つ》まらないことを考えるな!)

西本は、自分を叱《しか》りつけた。

タケダという男

1

あるマンションで、住人の若い女性が、自室で殺された。

続いて、同じマンションを出て、郷里に帰った、これも若い女性が、その郷里で殺された。

また、同じマンションの、もう一人の若い女性の不可解な行動。

これを、ただの偶然と考えるか、それとも、何かあると考えるか。

十津川は、刑事として、この三つが、偶然とは、考えられなかった。だが、どう関連しているかという点になると、明快な答が、見つからない。

十津川は、この三つ――というか、三人の女のことを、黒板に書きつけてみた。事件の起きた順番にである。

○小坂井みどり（28）　銀座の店のホステス
　一月十六日、マンションの自室で殺される。
○畑　恵子（27）　元六本木の店のホステス
　一月三十一日、旭川市内で殺される。
○白石麻里（27）　新人カメラマン
　一月三十日～二月二日、伊豆へ旅行（？）


　この三人は、いずれも、三鷹の高級マンションに住んでいた。

　畑恵子と、白石麻里は、そのマンションの同じ十五階に住み、仲が良かったといわれる。

　捜査会議では、この三人の関係が、当然、会議の主題になった。

　十津川が、まず、自分の考えを、三上《みかみ》本部長に説明した。

「これからの捜査で、どうなってくるかわかりませんが、私は、この三人には、何らかの関係があると、思っています。当然、事件としての関係です」

　と、十津川は、いった。

「白石麻里が、他の二人を、殺したと思っているということかね？」

三上が、きいた。

十津川は、思わず、笑って、

「それなら、白石麻里逮捕で、事件は解決してしまいます」

「違うのか？」

「動機が、わかりません」

「動機か」

「そうです。特に、引っ越して行った畑恵子を、わざわざ、旭川まで追いかけて行って殺した理由がわかりません」

「同じマンションにいた三人の女が、いがみ合い、憎み合っていたということはないのかね？　同じ二十代だし、独身だ。何かの理由で、憎み合っていたとしても、おかしくはないだろう？」

と、三上は、いう。

「相手を殺すほどですか？」

「人間は、意外に簡単に、人を殺すものだよ」

「そうですが、一人を、旭川まで追いかけて行くというのは、余程、動機がなければしないと思いますよ」

「白石麻里のアリバイは、どうなんだ？　はっきりしないんだろう？」

「伊豆へ行っていた。その旅館で、カゼをひき、寝ていたといっていますが、まだ、調べてはいません。容疑者ではないので、強制的に、聞き出すことを、ためらっているわけです」

「三人の女がいて、その中の二人が殺された。となれば、残る一人が、容疑者じゃないのかね？」

と、三上は、いう。

「三人が、一つのグループなら、そう考えられます。畑恵子と、白石麻里は、親しかったとわかっていますが、この二人と、小坂井みどりが、親しかったという証拠は見つかっていません。今のところ、わかっているのは、同じマンションの住人だというだけです。」

「畑恵子と、小坂井みどりは、同じホステスだったんだろう？」

「しかし、店は違います」

「白石麻里を、任意で、事情聴取はしたんだろう？」

「しました。が、無理矢理、彼女に、伊豆の旅館の名前をいわすことは出来ません」

「しかし、君は、彼女の言葉を、信用していないんだろう？　畑恵子が殺された一月三十一日に、伊豆の旅館にいたという言葉をだよ」

と、三上が、きく。

十津川は、当惑の表情になった。

「それは、私より、西本刑事の方が、よくわかると思います。彼の方が、白石麻里を、よく知っている筈ですから」

「どうだ？　西本刑事」

と、三上が、西本を見た。今度は、西本が、当惑の表情になって、

「よく、といっても、会ったのは、二度だけです」

「しかし、君は、個人的に、彼女に会っているんだろう？」

十津川が、いった。

「一度だけです」

と、西本は、いった。

「それでもいい。君は、彼女を、どう思うか、聞かせてくれ」

と、三上が、声をかける。

「よくわからない女性です。私が、刑事であることを、前から知っていました」

「なぜ、知っていたんだ？」

「あのマンションで、小坂井みどりが、殺されたとき、私も、捜査員の一人として、現場に行っていました。その時に、私を見たんだと、いっていました」

「だが、君は、個人的にも、会ったんだろう？」

「ええ。夜、彼女を送って行きました」

「それなら、君が適任だ。君が、彼女に会って、詳しいことを聞いて来たまえ」

三上が、命令した。

西本は、その日の夜、ヴィラ三鷹に出かけた。個人的にきいて来いといわれたが、そんな器用なことが出来ないことは、よくわかっている。どうしても、刑事として、きくことになるだろう。

白石麻里は、在宅していて、西本を歓迎してくれた。

先日と同じように、コーヒーをいれてくれて、

「刑事さんが、お友だちにいると、安心だわ」

と、笑顔で、いった。

「友だちとして、つき合ってくれるんですか？」

「もちろんよ。大事なお友だちだわ」

「一つきいていいかな？」

「どんなこと？」

「この間、伊豆へ行って来たんでしょう。僕も、伊豆へ行ってみたいんだけど、伊豆の何処が、一番いいか教えて貰いたいんだ」

と、西本は、いった。

「そうねえ」

と、麻里は、コーヒーカップを、手で囲《かこ》うようにして、ちょっと、考えていたが、

「あたしが行ったところしか知らないんだけど、それでいい？」

「ああ、いいですよ」

「今井浜《いまいはま》なんかどうかなと思うけど」

「君が、この間、行ったところだね。そこの何というホテルに泊ったの？」

「別に、あたしの泊ったホテルに行かなくたって――」

「いや、君の泊ったホテルへ行きたいんだ。教えてくれないか」

「Tホテル。晴れてると、窓から、伊豆七島が見えるのよ」

と、麻里は、いった。

「伊豆七島が見えるのか」

と、西本が、感心したようにいうと、麻里は、笑って、

「伊豆の東海岸にあるホテルなら、たいてい、伊豆七島が見えるわよ」

と、いった。

2

翌日、西本は、捜査本部に出るとすぐ、十津川に、昨夜、麻里から聞いたことを報告した。

「今井浜のTホテルか」

と、十津川は、肯き、

「すぐ、電話番号を調べて、一月三十日から二月二日まで、彼女が、泊っていたかどうか、調べてみろ」

「私がですか？」

「当り前だ」

と、十津川は、叱《しか》りつけるように、いった。

西本は、電話番号を調べた。調べながら、間違いなく、彼女が、行っててくれればいいと思った。彼女を疑うということが、心苦しいのだ。

西本は、Tホテルに、電話をかけ、フロントに、一月三十日から四日間、白石麻里という女性が、泊らなかったかどうか、きいた。

フロント係は、宿泊カードを調べていたが、

「白石麻里というお客様は、お泊りになっていません」

「ひょっとすると、違う名前で泊っているかも知れないんだ。そちらで、熱を出して、介抱《かいほう》された、若い女性の泊り客はいませんか?」

と、きき、麻里の顔立ちを説明した。

「一月三十日から四日間、そういうお客様は、いらっしゃいませんでした」

と、フロント係は、いう。

「二十七歳の若い女性が、ひとりで、泊ったと、いっているんですがね」

西本が、なおもきく。フロント係は、

「年が明けてから、若い女性が、おひとりで、お泊りになったことは、ございません」

と、いった。

西本の胸を、何か苦いものがよぎった感じがした。

仕方なく、調べたままを十津川に報告すると、

「やっぱり、嘘だったか」

「すっきりしません」

「何が?」

「自分のやってることがです。人を信用しないというのは——」

「刑事であることを、忘れるなよ。しかも、殺人事件が、絡《から》んでるんだ」

「しかし、彼女が犯人とは、思えないんです」

「それなら、なぜ、嘘のアリバイを口にするんだ？」

「その点は、わかりませんが――」

「カメさん。白石麻里に、任意同行を求めて、連れて来てくれないか。嫌だといったら、逮捕状を請求すると、脅してくれ」

と、十津川は、亀井に、いった。

亀井が、すぐ、日下刑事を連れて、出かけて行った。

しかし、三十分ほどして、その亀井が、十津川に、電話をかけてきた。

「白石麻里が、いません」

「留守ということかね？」

「それが、どうも、逃げたらしいんです。管理人にきくと、今朝出かけたといいます。その時たまたま顔を合せたので、何処へ行くのかときいたら、かたい表情で、何もいわずに、行ってしまったそうですから」

と、亀井は、いった。

亀井は、逃げたというが、すぐ、断定するのは、危険なので、十津川は、一日、待つことにした。ただ、待つのではなく、若い刑事を、二人、ヴィラ三鷹に、張り込ませた。

夜が明けたが、白石麻里は、マンションに、帰って来なかった。

その代りに、北海道警から、知らせが入った。畑恵子が殺された事件を担当している木村警部が、十津川に向って、

「今朝、旭川市内の石狩川の川岸で、若い女性が殺されているのが見つかりました。名前は、白石麻里です。東京の人間とわかったので、そちらに、お知らせすることにしたのですが」

「すぐ、そちらに、行きます」

と、十津川は、いった。

今度は、十津川自身が、行くことにして、亀井と二人、旭川行の飛行機に乗った。行く前に、西本と日下の二人に、ヴィラ三鷹の彼女の部屋を調べるように、命じておいた。

空港には、木村が迎えに来てくれていた。

パトカーに乗って、すぐ、現場に案内して欲しいと、十津川は、いった。

雪がちらつく中を、パトカーは、スピードをあげた。

車の中で、十津川は、白石麻里が、畑恵子の知り合いであることを話した。

「すると、同一犯人ということが、考えられますね。実は、畑恵子殺しの犯人が、特

定できずに、弱っていたのです」

と、木村は、いった。

旭川で、いくら調べても、容疑者が、浮かんで来ないのだという。

「それで、彼女の東京時代の生活の中に、殺される理由があるのではないかと、考えていたところです」

「彼女の過去が、旭川まで追いかけて来たというわけですか」

「彼女自身は、心機一転と考えていたんでしょうがね」

パトカーは、旭川市内に入り、石狩川にかかるアーチ形の橋の袂《たもと》で、止まった。

「これが、旭橋ですが、この近くの河川敷で、殺されていたんです」

と、車をおりて、木村が、雪に蔽《おお》われた河川敷を、指さした。

「どこも、痕跡《こんせき》がありませんね」

十津川が、いった。

「今日、雪が降って、足跡も何もかも、消してしまったんですよ。朝、死体が発見されたとき、死体の傍から、この辺りまで、足跡がありました。足跡は、二つで、被害者のものと、男物の大きな靴跡です」

「大きな靴ですか？」

「28です」

向った。
車の外に立っていると、川風があって、寒い。十津川たちは、車に戻り、警察署へ
「かなり大きいですね」
と、十津川は、いった。彼の靴のサイズは25だから、大きい。

そこで、現場を写した何枚かの写真を見せられた。コート姿で、雪の上に、俯せに倒れている白石麻里。背中を刺されたのか、流れ出た血が、雪を赤く染めている。それに、犯人と思われる大きな靴の跡。

「背後から、数ヶ所、刺されています」

と、木村が、いった。司法解剖の結果、死亡推定時刻は、昨日（二月五日）の午後十時から十一時の間だという。

「なぜ、河川敷で殺されたんでしょうかね？　雪は降ってなかったといっても、雪だらけでしょう」

十津川が、きくと、木村は、

「多分、被害者と、犯人は、旭橋の袂に、車をとめて、話をしていたんだと思います。ところが、彼女は、危険を感じて、車から飛び出して、河川敷へ逃げた。それを犯人が追って行って、背後から刺したんだと思います」

「なるほど。犯人は、車に乗っていたということですね」

「旭川は、だだっ広い町だし、雪が積っていますからね。車がないと、あまり動き廻れません」

「車を持っているとすると、旭川の人間かな。いや、レンタカーを借りることも出来るか」

「そうです。レンタカーは、簡単に借りられます。念のために、旭川の営業所を調べてみましたが、白石麻里の名前では、車は、貸し出してはいませんでした」

と、木村は、いった。

白石麻里殺しについても、合同捜査をすることが決められ、十津川と、亀井は、その日、市内のホテルに泊った。

夕食をとりながら、亀井が、いう。

「男がいたということですね」

「これで、事件の構図がわかってきたじゃないか。三人の女のつながりが、よくわからなかった。白石麻里と、畑恵子は、仲が良かったというが、小坂井みどりと、二人の関係がわからなかった。だが、三人の真ん中に、男がいたとなれば、その男を通じて、関係があったと考えられる」

と、十津川は、いった。

「男が中心で、そのまわりに、三人の女がいたということですか？」

「いや、必ずしも、そうでなくてもいいんだ。男が、一人の女と関係があり、その女と、他の二人がつながっていたという図式でもいい。或《あ》いは、男と二人の女が親しくて、二人の女の片方と、三人目の女がつながっていたのでもいい」

と、十津川は、いった。

3

西本と、日下は、白石麻里の部屋に、いた。旭川の十津川からは、電話で、犯人は、男だと知らせて来た。

「白石麻里には、男がいたということだ」

と、日下が、いう。

「そうかな」

「信じられないか」

と、日下は、笑って、

「信じたくない気持は、わかるがね」

「そういう意味じゃないんだ」

「恋する男は、みんな同じことをいう。自分以外に、男がいる筈がないと」

「止《よ》してくれよ。彼女とは、三回しか会ったことがないんだ」

「じゃあ、ひと目惚《ぼ》れか」

と、日下が、からかったとき、誰かが、人の名前をいうのが聞こえた。

西本は、鳥かごに、眼をやった。

「今、インコが、人の名前をいわなかったか？」

「ああ、何かいったよ」

と、日下も、いう。二人は、じっと、かごの中のインコを見つめた。

「彼女は、このインコは、オハヨウと、彼の名前だけしかいわないと、いっていたんだ」

「だが、どうやったら、喋るんだ？」

と、日下が、きく。西本は、インコに向って、「オハヨウ」と、いってみた。すかさず、インコが、甲高い声で、「オハヨウ」と、いう。

だが、名前の方が、わからない。いろいろな名前を、二人で、いってみたが、インコは、知らん顔をしている。

二人が、くたびれて、西本が、煙草《たばこ》をくわえて、火をつけたとき、突然、

「タケダサン、タケダサン」

と、喋った。

「タケダ——だ」

日下が、大声を出した。

「おれにも、そう聞こえたよ」

「それに、君が煙草を吸ったときに、いった。さっきも君は、煙草を吸ってたんだ。ということは、タケダという男は、よく煙草を吸うんじゃないかね」

「かも知れないな」

「とにかく、タケダという男を探そうじゃないか」

と、日下が、顔を輝かせた。

西本は、旭川の十津川に、このことを知らせた。十津川は、

「それが、白石麻里の恋人か？」

「だと思います」

「明日になったら、三田村刑事たちと一緒に、その男を探し出してくれ」

と、十津川は、いった。

翌日、三田村と、北条早苗の二人も動員して、白石麻里の知り合いの中で、タケダという男を探した。

彼女が、モデルをしていたころの友人、知人、そして、女性カメラマンになってからのカメラマン仲間を、しらみ潰《つぶ》しに、当っていった。

午後になって、十津川と、亀井が、帰京した。十津川は、捜査本部に戻るなり、

「タケダは、見つかったか?」

と、きいた。

「今まで、二人のタケダが、見つかっています。モデルクラブ時代の男性モデルの武《たけ》田真也《だしんや》、三十歳。それと、カメラマン仲間の竹田吾郎《ごろう》、二十九歳です」

と、西本が、答えた。

「それで、その二人は、どうなんだ?」

「残念ながら、二人とも、二月五日は、しっかりしたアリバイがあるのです。念のために、一月三十一日についても調べましたが、これも、アリバイありです。それで、他に、タケダという男がいないかどうか、調べています」

翌日も、その翌日も、刑事たちは、タケダという男を求めて、殺された白石麻里の周辺を探して廻った。

その結果、新しく、カメラ雑誌の記者で、武田紀夫《のりお》という三十二歳の男が、見つかった。

しかし、二月五日には、雑誌社で、他の編集者二人と、徹夜で、原稿の校正をしていたことがわかった。

捜査が、壁にぶつかったのだ。

「これから、小鳥屋に当ってみます」

と、西本が、いったのは、そんな時だった。

4

西本は、ひとりで、三鷹周辺の小鳥屋を廻って歩いた。

スーパーの小鳥売場にも行った。そこで、彼は、白石麻里の写真と、インコの写真を見せ、

「この女性が、最近、この写真のインコを買いませんでしたか？」

と、きいた。

どこでも、白石麻里を知らないと、いったが、三鷹駅近くの小鳥屋の主人は、

「知っていますが、インコを売った覚えはありません。インコのエサだけ、売りました」

と、西本に、いった。

西本は、その結果を、十津川に、伝えた。

「前から、あのインコは、白石麻里が、旭川に帰った畑恵子に貰ったのではないかと、思っていたんです。彼女は、否定していましたが、これで、畑恵子のものだったこと

が、確かになったと思います」

「なぜ、君は、白石麻里のインコではないと、思ったんだ？」

と、十津川が、きく。

「彼女が、インコを、ピーちゃんと呼んでいたからです」

「ピーちゃんは、おかしいかね？」

「おかしくありませんが、彼女に、似合わないと感じたんです。彼女なら、もっと、凝った名前をつけるんではないか。ピーちゃんというのは、投げやりな感じがしたんです。考えるのが面倒くさいから、ピーちゃんと、呼んだという感じで——」

「畑恵子が、あげたものだとすると、タケダというのは、畑恵子の男ということになるな」

十津川が、眼を光らせて、いった。

「そうです」

畑恵子は、六本木のクラブ「楓《かえで》」のホステスだったから、今度は、店のマスターや、ボーイ、それに、店に来る客が、調べる対象になった。

店で働く従業員の中に、タケダという男はいないと、簡単にわかったが、店の客となると、大変だった。数が多いのだ。

西本たちは、その中から、畑恵子と親しかった客を、調べていった。

特に親しかったという男が三人、ちょっと親しかったとなると、二十人を超えた。

後者の方に、タケダが二人いた。

その一人、竹田徹《とおる》という男に、十津川は、注目した。

年齢は、四十歳。ＳＮ製菓の若い重役だった。十津川が、この男を、マークしたのは、畑恵子とは、ほとんど、つき合いがない、ただの客とホステスの関係だと、西本たちに主張しながら、事情聴取に対して、怯《おび》えの表情を見せ、やたらに、弁護士を呼びたいと、いったからである。

妻の美江《みえ》は、彼より二歳年上で、社長の娘だった。ＳＮ製菓は、同族会社だから、竹田徹は、次期社長候補の一人でもあった。

それに、大学時代、ラグビーをやっていたとかで、一八〇センチを超える大男である。靴のサイズも、28。

評判は、頭が切れて、愛想がいいという声と、バクチが好きで、女好きだという声の両方が、聞こえた。

一月三十一日と、二月五日の両日とも、アリバイがあったが、証人は、いずれも、彼の部下の部長や、課長だった。証人が、嘘をついている可能性もあるのだ。

捜査会議では、竹田徹を、容疑者とするという点で、意見が一致したが、

「彼が、なぜ、三人も殺したか、その動機が、はっきりしないいな」

と、三上本部長が、いった。

確かに、三上の疑問は、もっともだった。

畑恵子と、竹田が、親しかったことは、わかる。多分、客として、六本木の「楓」に行っている間に、竹田は、彼女と、出来てしまったのだろう。

「それが、奥さんに、バレて、大さわぎになったとしよう。よくある話だ。だが、畑恵子の方が、東京に嫌気がさして、旭川へ帰ってしまったんだ。竹田にしてみれば、ほっとしたと思うよ。女の方から、身を引いてくれたんだから。それなのに、なぜ、竹田は、わざわざ、旭川まで出かけて行って、女を殺さなきゃならないんだ？」

三上が、首をかしげる。

「竹田の方に、未練があったんじゃありませんか」

と、若い日下が、いった。

三上は、笑って、

「旭川まで行って、戻って来てくれと、竹田が頼み、拒否されたので、かっとして、殺したというのか？」

「おかしいですか？」

「竹田は、金がある。いくらでも、女は出来たんじゃないかね。女好きだったというから、畑恵子が逃げてくれれば、これ幸いと、新しい女を作ったと思うがね」

「では、ゆすりは、どうでしょうか？」

女刑事の北条早苗が、いった。

「自分との関係を、奥さんにバラすといって、竹田をゆすったか？」

「そうです。或いは、社長にいうとかです。次期社長候補だったとすれば、致命傷になりかねません。だから、旭川まで出かけて行って、その口を封じたということは、十分考えられますわ」

「そうだな。脅迫説の方が、現実性があるな」

と、三上は、肯いたが、

「他の二人の殺しは、どうなるんだ？　三人で、寄ってたかって、竹田を脅迫したわけでもないだろう」

「確かに、もっと、調べてみる必要があります」

と、十津川は、いった。

十津川は、竹田と、もう一人の女、小坂井みどりの関係を調べることにした。

小坂井みどりは、銀座のクラブ「ミラージュ」のホステスだった。女と酒の好きな竹田なら、こちらの店にも、行っているだろうと、思ったのだ。

十津川は、亀井と、竹田の写真を持って、銀座のクラブ「ミラージュ」に、出かけた。ママや、ホステスたちに、竹田の写真を見せて、来たことはないかときくと、彼

女たちは、写真を見るなり、

「ああ、竹田さん」

と、いった。

「じゃあ、よく来てたんだ？」

「うちを、よく、接待に、使って下さっているんですよ」

と、ママは、いった。

「ここの小坂井みどりさんと、関係があったんじゃないのかね？」

十津川は、きいてみた。

わからないと、二、三人のホステスがいったが、ママは、

「彼女、昔から、内緒にする女《ひと》だから、わからないわね。店では、知らん顔をして、外で、二人がつき合っていたかも知れない」

「しかし、前に、話を聞きに来たとき、スポーツ選手や、タレントの名前を教えてくれたが、その中に、竹田徹の名前は、無かったよ」

「だから、竹田さんとの関係だけ、大事に、内緒にしていたのかも知れないわ」

「もう一つ、あの時、宝石商のパトロンがいるともいったが」

と、十津川が、いうと、ママは、笑って、

「あの七十五歳のおじいさんのこと？　彼とは、お金だけの関係だって、彼女もいっ

てたわ。それに比べて、竹田さんは、男盛りだし、SN製菓の社長になるかも知れない人じゃないの。秘密にして、大事に、つき合っていたってこと、十分に考えられるわ」

「大事にね」

「そうよ。チャラチャラしたタレントや、スポーツ選手なんか、信用できないけど、中年の大会社の重役という男なら、あたしだって、大事にするわよ。将来性あるもの」

と、ママは、いった。

「改めてきくが、小坂井みどりというのは、男好きのする女だったみたいだね？」

「ええ。たいていの男が、参ってたから」

「竹田が、参っていたことも、十分に考えられるんだ」

「そう思うけど、竹田さん本人に、きいてみたら」

と、ママは、いった。

きいたら、きっと、竹田は、否定するだろう。畑恵子との関係もである。

十津川は、これで、竹田が、小坂井みどりと、畑恵子と、関係があったことは、わかったと思った。

それが、こじれて、二人を殺したのか？

だが、白石麻里まで殺したのは、なぜなのだろうか？　しかも、殺された場所は、東京でなく、旭川である。

十津川は、亀井を連れて、ＳＮ製菓の本社に、竹田を訪ねた。直接、ぶつかってみようと、思ったのである。

ＳＮ製菓は、製菓という名前だが、お菓子ばかりを作っている会社ではなかった。菓子の製造が、六十パーセントで、あとの四十パーセントは、医薬品の製造と、輸入販売だった。

竹田は、その医薬品の輸入販売部門の責任者で、名刺には、取締役とあった。

竹田は、露骨に、不快そうな顔で、二人の刑事を迎えた。

「まだ、私を疑っていらっしゃるんですか？」

と、きく。

「銀座のミラージュにも、六本木の楓にも、よく行かれていますね？」

と、十津川は、逆に、きいた。

「ああ、接待に、よく使っています。その二つだけじゃなく、新宿のクラブも使っていますよ」

「楓のホステス、畑恵子とは、親しかった？」

「それも、前に答えましたよ。客とホステスの関係だと」

「ミラージュの小坂井みどりとは、どうです？」

「ホステスとしては、知っていますが、親しくはありませんでした。本当です」

「彼女は、ヴィラ三鷹に住んでいたんですが、このマンションに行ったことは、ありませんか？」

　と、亀井が、きいた。

　竹田は、険《けわ》しい眼になって、

「とんでもない。ホステスの住所なんか、きいたことも、行ったこともありませんよ」

「あなたを、そのマンションで見たという人がいるんですがね」

　と、十津川が、カマをかけたが、

「そんな筈がありませんよ。見たという人がいるんなら、その人を連れて来て下さいよ」

　竹田は、強気で、いった。

「北海道へ行ったことはありますか？」

　と、亀井が、きいた。

「ええ。大学時代に、知床《しれとこ》にね。だが、最近は、忙しくて、行っていません」

　竹田は、きっぱりと、いった。

十津川は、竹田の写真を、木村警部に送り、二つの殺人の現場周辺の目撃者探しをして貰うことにした。

もう一つは、旭川で、二月五日に、竹田が、レンタカーを借りてないかの調査だった。

だが、なかなか、目撃者も見つからないし、レンタカーの方も、竹田が、借りたという形跡は、見つからなかった。

レンタカーの方は、旭川で、借りなくても、千歳空港や、札幌《さっぽろ》周辺で、借りたかも知れなかった。北海道は、道路が整備され、除雪もしっかりしているから、札幌で、車を借りても、旭川まで飛ばすのは、そんなに、難しくはないのだ。

また、捜査が、壁にぶつかった。今度の壁は、面倒だった。容疑者がわかっているのに、手が出せない壁だからである。状況証拠は、揃《そろ》っているのに、逮捕するのに必要な、直接証拠がないのである。

5

西本は、悩んでいた。

白石麻里のことである。彼女は、真面目に、カメラマンになろうとしていたと思う。

頭もいいと思う。性格だって、悪いとは思えない。

それなのに、なぜ、西本に対して、嘘をついたのか？

伊豆の今井浜のホテルに泊っていたなどという嘘は、調べれば、簡単にわかってしまう嘘ではないか。事実、電話一本で、嘘とわかってしまったのだ。

ピーちゃんというインコのこともある。

初めに、夜、彼に声をかけてきたのだって、おかしい気もしないではない。怪しい男につけられているから、マンションまで送ってくれといわれたのだが、怪しい男というのは、本当だったのだろうか？

刑事の西本と、親しくなるために、そんな嘘をついたのではないかという気がして仕方がないのだ。

西本は、自分を、美男子だと思ったことはない。頑丈《がんじょう》な身体つきで、頼りになる男だといわれたことはあるが、ハンサムだといわれたことはなかった。

だから、彼女が、西本のことを好きで、近づくための嘘をついたとは思えないのである。そんな自惚《うぬぼ》れはない。

と、すると、白石麻里は、なぜ、西本に近づこうとしたのか？

それを考えて、西本は、悩んでいた。

悩んだ揚句《あげく》、西本は、頭の中で、一つのストーリィを作りあげた。それを、十津川に聞いて貰うのは、はばかられたので、同僚で、いつもコンビを組む日下刑事に、まず、話すことにした。

「聞いて貰いたいことがある」

と、西本は、日下に、いった。

「今度の事件に関係があることか？」

「そうだ」

「それなら、聞いてやる。話せよ」

と、日下が、促した。

「白石麻里は、何回も嘘をついた。すぐ、バレる嘘をね。そのくせ、おれに、近づこうともした」

「それは、君に惚れてるからだろう。君の気を引くために、下手《へた》な嘘をついたのさ」

「そうじゃないことは、おれが、一番知ってるよ。彼女は、おれが、刑事だから、近づいたんだ。そして、下手な嘘をついた」

「なぜ？」

「多分、万一の時に、おれが、その嘘を、調べてくれるだろうと考えたんだ」

「なぜ、そんな面倒くさいことをするんだ？　本当のことを喋れば、いいじゃないか」

と、日下が、いう。

「万一の場合以外は、本当のことを、知られたくなかったからだと思う」

と、西本は、いった。

「よく、わからないな」

「彼女は、チカンの話を、おれにした」

「畑恵子が、チカンにあったって話だろう？　エレベーターの中であって、それで、東京が怖くなって、郷里の旭川に帰ったんだろう？」

「あれも、嘘だと思っている」

「しかし、なぜ、そんな嘘をつくんだ。第一、チカンの話は、白石麻里のことではなく、畑恵子のことだろう？」

「畑恵子が、エレベーターで会ったのは、チカンじゃないと思う」

「チカンじゃない？」

「そうだ。だが、白石麻里は、それを、チカンにして、おれに話したんだと思うようになった」

「なぜ、彼女が、そんな嘘を？」

「畑恵子が、会ったのは、チカンじゃなくて、竹田徹だったんだと思う」

「証拠はあるのか？」

「ないが、竹田なら、辻褄《つじつま》が合うんだ」

「どんな風にだ？」

「去年の暮れ、畑恵子は、深夜に帰宅して、エレベーターに乗った。ところが、七階で、エレベーターが止まり、男が乗って来たという」

「それが、チカンだったんだろう？」

「七階には、殺された小坂井みどりの部屋があるんだ。そして、彼女と、竹田は、ひそかに、つき合っていた」

「ああ」

「一方、畑恵子と、竹田も関係があった。おれは、恵子の方が、竹田に惚れていたと思っている。そう考えないと、納得がいかなくなるんだ。去年の暮れのその夜、竹田は、小坂井みどりの部屋で愛し合い、深夜に帰ろうと、エレベーターのボタンを押した。でも、間違えて、上りのボタンを、押してしまったんだと思う。その時、畑恵子が、エレベーターで、十五階の自分の部屋に行こうとしていた。エレベーターが七階で止まる。ドアが開く。二人が顔を合せる。悪いことに、小坂井みどりの部屋は、エレベーターに近いところにあるから、ネグリジェ姿で、竹田を送って廊下に出ていたんじゃないかな。竹田は、しまったと思ったろうが、畑恵子は、がくぜんとして、怒り、エレベーターの中に、竹田を引っ張り込んだんじゃないかな。そして嫉妬《しっと》にかられて、彼の腕に、嚙みついたんだと思う」

「チカンに襲われ、腕に嚙みついたんじゃなかったのか」

「ああ。そのあと、畑恵子は、絶望して、郷里に帰ったんだよ。チカンに出会ったくらいで、東京から逃げ出す筈がないと、おれは、不思議だったんだ」

と、西本は、いった。

「なるほどな」

「もちろん、畑恵子は、別れるに際して、竹田から、多額の手切金をふんだくっていったと思う。彼女が、高い宝石などを身につけていたのは、その金で、買ったんだと思う」

「それと、白石麻里は、どう関係してくるんだ？」

日下が、きく。

「こんなことは、考えたくないんだが、畑恵子から話を聞いて、白石麻里も、竹田をゆすってやろうと、思ったんじゃないかね」

「それで、万一のことを考えて、君に、妙な嘘をついたというわけか」

「そうだ。一月十六日になって、竹田は、小坂井みどりが、邪魔になることが起きた。奥さんにバレて、大ゲンカになったのかも知れない。とにかく、小坂井みどりの口を封じなければと、彼女の部屋で、殺した。ただ、この時は、二人の仲は、内密だったので、警察にも、気付かれずにすんだが、一人だけ、二人の仲を知っている女がいた」

「畑恵子か？」

「そうさ。別れ話で、多額の手切金を取られたとなると、今度は、いくら要求してくるかわからない。何としてでも、彼女の口を封じなければならない。そこで、旭川に行き、彼女を殺してしまった」

と、西本は、いった。

「白石麻里は、どうなるんだ？　一月三十日から四日間、伊豆へは、行ってなかったんだろう？」

「もちろん、彼女は、旭川へ行ってたのさ」

と、西本は、いった。

「何をしに、旭川へ行ったんだ？　まさか、畑恵子を殺しに行ったわけじゃないだろう？」

「何をしに行ったのか、今となっては、想像するより他にないんだが、おれは、こんな風に、想像するんだ。一月三十日、白石麻里は、旭川へ行くつもりで、羽田に行った。向うで、畑恵子に会って、警告する気だったと思う。ところが、羽田で、竹田を見つけた」

「彼の顔は、知らないんじゃないか?」

と、日下が、きく。西本は、笑って、

「おれの顔だって、いつの間にか、望遠レンズを使って、撮っていたんだよ。畑恵子に聞いて、どんな男かと、竹田の顔写真を、撮っていたと思うよ。彼女は、空港で、竹田を見つけ、彼を、監視することにした」

「監視か」

「竹田は、何も知らずに、旭川へ飛んだ。そして、ひそかに、畑恵子を殺すチャンスを窺《うかが》う。だが、なかなか、そのチャンスが見つからない。翌三十一日の夜になって、スーパーの帰りの畑恵子を狙って、背後から、刺し殺すことが出来た」

「それを白石麻里が、目撃したということか?」

「そうだ」

と、西本が肯くと、日下は、

「それなら、なぜ、その時、彼女は、警察に通報しなかったんだ?」

と、怒った顔で、いった。

「だから、こんなことは、考えたくないんだといったじゃないか」

西本も、怒ったように、いう。

「やはりか?」

「そうだよ。彼女は、金になるモデルをやって、カメラマンになった。いってみれば、見習いのカメラマンだから、殆ど、金にはならなかったと思う。だが、モデル時代と同じように、高級マンションに住んでいた。いいカメラも買った。望遠レンズもね。当然、金に不自由したんだと思う。金が欲しかった。だから、竹田徹を、ゆすったんだ」

西本は、相変らず、怒ったように、いった。

「それで、竹田に殺されたのか？」

「彼にしてみれば、二人も、三人も同じだと思ったに違いないね」

「だが、どうして、旭川で殺したんだ？　それより、白石麻里は、なぜ、のこのこ、旭川まで、出かけて行ったんだ？」

と、日下が、きいた。

「竹田にしてみれば、東京で殺せば、すぐ、自分が、疑われる。それで、旭川へ連れて行くことを考えた。多分、旭川で、自殺に見せかけて殺せば、警察は、畑恵子殺しの犯人を、白石麻里と考え、彼女が、罪に耐えかねて、旭川へ来て、自殺したと考えるのではないか。そう考えたんだと思うね」

「じゃあ、どうやって、白石麻里を、旭川へ、連れ出すことが、出来たんだ？」

と、日下は、きいた。

「これも、想像するしかないんだが、金を要求されて、竹田は、こういったんだと思う。君は、僕が畑恵子を殺すのを見たというが、信じられない。これから、一緒に旭川へ行って、この場所から見たんだと、いってくれれば、金を払うとね。それで、白石麻里は、竹田と一緒に旭川行の飛行機に乗ったんだと思うんだ」

と、西本は、いった。

「それで、全部か？」

日下が、きく。

「ああ、全部だ」

「それなら、これから、一緒に、十津川警部に会いに行こう。君の口から話せ。それが嫌なら、おれが話すよ」

「もし、警部が、おれの話を信じてくれなかったら、どうするんだ？」

「その時は、二人で、君の推理の裏付けを取ろうじゃないか」

と、日下は、いった。

6

十津川は、あっさり、西本の推理を受け入れて、

「問題は、裏付けだな」

と、微笑した。

そのための作業が、開始された。まず、竹田のアリバイを崩さなければならない。

西本の推理が正しければ、竹田は、一月三十日に羽田から、旭川へ飛び、また、二月五日にも、旭川へ飛んでいる筈である。

本名で乗っていれば、簡単だが、偽名を使ったに決っている。

そこで、刑事が、竹田の顔写真を持って、羽田に出かけ、旭川行の飛行機に、一月三十日と、二月五日にこの男が乗らなかったかをきいてみた。

幸い、竹田は、大男である。顔にも、特徴があった。

一月三十日の件は覚えている人間はいなかったが、二月五日は、時間が、経《た》っていないせいか、スチュワーデスが、客の中に、竹田がいたのを覚えていてくれた。

十津川は、その便の乗客名簿をコピーして貰って、持ち帰ると、刑事を動員して、その一人一人を、当って行った。

その結果、偽名で乗っている客が、二人だとわかった。

一人は、男で、高野勇《たかのいさむ》。女は、沢田《さわだ》マリだった。

女性の沢田マリは、白石麻里だろうし、高野勇は、竹田徹だと見当がついた。

次に、一月三十日の、羽田発旭川行の全ての便の乗客名簿を調べてみた。

十津川の予想した通り、その中に、「高野勇」の名前が、あった。

十津川は、苦笑して、

「人間って、弱いものだな」

と、亀井に、いった。

「偽名の一件ですか？」

「そうだよ。一月三十日と、二月五日じゃあ、間が、六日間しかない。そのことに、竹田は、怯えたんだな。もし、同じスチュワーデスが乗っていて、自分の顔を覚えていたら、別の偽名を使えば怪しまれる。だから、同じ偽名を使ったんだろう」

「犯人の怯えですか」

「実は、気の弱い男だということさ。気が弱いから、女に溺《おぼ》れて、揚句に、切羽《せっぱ》つまって、人殺しに走ってしまったんだろう」

と、十津川は、いった。

偽名の解明が出来ると、不思議なもので、北海道警から、二月五日に、竹田が、レンタカーを借りた場所がわかったという報告が届いた。

旭川空港から、約三十キロ離れたＪＲ深川駅前の営業所で、白のニッサンシーマを、竹田が、自分の免許証を使って、借りているという。

恐らく、竹田は、白石麻里と、旭川空港に着くと、タクシーで、深川に行き、そこで、レンタカーを借りたに違いない。

竹田は、ニッサンシーマを二月五日に借り、翌、六日、千歳空港で、返している。

これだけの証拠があがったところで、捜査本部は、竹田徹の逮捕に、踏み切った。

道警の木村警部が、旭川の二つの殺人事件の逮捕令状を持って上京したので、彼も、同行しての逮捕劇となった。

逮捕されたあとも、竹田は、黙秘を続けたり、口を開けば、弁護士を呼んでくれと叫んで、抵抗した。

だが、一月三十日と、二月五日の旭川行のＪＡＳの乗客名簿を見せて、その中の「高野勇」の偽名を指で示したり、二月五日に、深川の営業所で、白のニッサンシーマをレンタルした筈だといい、証拠の営業所の名簿のコピーを見せると、竹田は、急に肩を落した。

そのあとは、急に、ベラベラと、自供を始めた。

「上手《うま》くいくと思ったんですがねえ」

と、竹田は、いった。

「何がだ？」

と、十津川がきいた。

「二人の女ぐらい、うまく、扱《あつか》えると、思ったんですよ」

「小坂井みどりと、畑恵子のことか？」

「そうです。二、三人の愛人を持つのは、男の甲斐性《かいしょう》だと思ってましたからね」

「同じマンションに、住まわせておいて、うまく扱える筈がないだろうが」

と、十津川が、苦笑すると、

「その方が、かえって、楽だと思ったんです。来てくれと、二人から、いわれたとき、相手が、同じマンションに住んでれば、扱いやすいですからね」

と、竹田は、しれっとした顔で、いった。

「呆《あき》れた奴《やつ》だ」

「あの一件さえなければ、上手くあやつれたんですけどねえ」

「去年の暮れのエレベーターの一件か？」

「そうですよ。いつも、みどりのところに泊っていたのに、あの日に限って、用事があって、朝までに帰らなければならなかったんです。それに、エレベーターで帰ろうとしたのも間違いだった。階段を使っていれば、十五階の畑恵子とは、すれ違いですんだんですよ」

「七階で上りのボタンを押してしまったんで、畑恵子と、鉢合せをしてしまったんだな」

「おまけに、みどりが、派手なネグリジェ姿で、エレベーターのところまで、送って来たんです」

「畑恵子は、君に愛想をつかしたというわけだ」

「それだけなら、いいんですが、一千万の手切金を取られました。おまけに、あいつに、腕を噛まれたおかげで、家内に、怪しまれてしまって」

竹田は、小さく溜息をついた。

「それが、小坂井みどりの殺しに、連《つら》なっていったのかね？」

亀井がきいた。

「そうなんです。家内はわめくし、みどりは、絶対に別れないと泣くし、どうしていいか、わからなくなりましてね。みどりさえいなければ、このごたごたはなくなるんだと考えて――」

「勝手な論理だな」

「男も女も、みんな勝手ですよ。家内と別れてくれだとか、一千万寄越《よこ》せとかね」

竹田の勝手ないい方に、十津川は、怒るよりも、笑ってしまった。

「小坂井みどりを殺したものの、今度は、旭川へ帰った畑恵子のことが、心配になったというわけだな？」

「そうですよ。彼女は、僕と、みどりのことを知ってますからね。今度は、何千万円、要求されるかわからない。どうしても、彼女の口を封じなければならないと、思ったんです」

「彼女の星型のペンダントだけ、なぜ盗ったのかね？」

「あれは、僕が買ってやったものなので、そこから、足がつくと困ると思って――」

「旭川行の同じ飛行機に、白石麻里が乗ってることに、気がつかなかったのかね？」

「知るわけがないでしょう！　その時は、白石麻里が、関係してくるなんて、全く考えていなかったんだから」

竹田は、腹立たしげに、いった。

「それでは、彼女が、連絡して来たときは、さぞ、びっくりしたんだろうね？」

と、十津川が、きいた。

「驚いたというより、げんなりしましたよ。金を欲しいといわれて、またかと思いましたからね」

「それでも、白石麻里も、旭川へ連れて行って、殺したんだろう？」

「刑務所に行くのは、嫌ですからね」

「白石麻里は、たいした金額を要求して来たわけじゃないんだろう？」

「二百万です」

「それなら、払ってやれば良かったじゃないか」

十津川が、いった。

竹田は、いやいやをするように、首を振った。

「家内が女に気がつかないときなら、二百万ぐらい何とかなりましたがね。畑恵子に、一千万取られた上、家内に女のことを気付かれたんですよ。二百万だって、自由にならなくなっちまったんです。殺すより仕方がないでしょう」

と、竹田は、いった。

十津川は、あとの訊問《じんもん》を、道警の木村警部に委せて、取調室を出ると、亀井に、

「二百万ということは、西本刑事に黙っていよう。たった二百万で殺されたんじゃ、可哀そうすぎるからな」

と、いった。

夜の殺人者

1

店に入って来たとき、その女は、すでに、かなり酔っている様子だった。

年齢は、三十歳ぐらいだろうか。

とりたてて美人というのではなかったが、色白で、女盛りの感じが、日下の食欲をそそった。

あるいは、彼女の寂しげで、どこか投げやりな表情が、日下の男心を刺戟《しげき》したのかもしれない。

女は、日下の隣りに腰を下すと、低い声で、カウンターの中にいるバーテンに、

「お酒頂戴《ちょうだい》」

と、いった。

「お酒は何にします？　水割りでいいですか？」

「酔えるものなら、何でもいいわ」

と女がいった。

若いバーテンは、ちょっと困ったような顔をしている。横から日下が、助け舟を出すような感じで、

「この人に、僕と同じものをあげてくれないか」

と、バーテンにいい、女には、

「失礼ですが、おごらせて下さい」

と、声をかけた。

女は、ひょいと顔を日下に向けて「え？」という眼になった。

バーテンが、ジンフィーズを、女の前に置いた。

日下は、女に笑いかけて、

「どうぞ」

「なぜ、おごって下さるの？」

「あなたが魅力的だから、とでもいっておきましょうか」

「三十を過ぎた私が、魅力的なはずがないわ」

女は、妙にからんだようないい方をした。

（旦那か、恋人と、喧嘩《けんか》でもしたのだろうか）

と、日下は、考えながら、

「僕は、もう、四十ですよ」

「そう?」

「それでも、自分では二十代のつもりでいる。そのほうが幸福ですからね」

「あなたは若いわ」

「あなたもですよ。どうです。お互いの若さのために乾杯しようじゃありませんか」

日下が、笑顔でいうと、女も、ようやく親しみのある表情になって、

「乾杯は悪くないわ」

「決った。この若くて美しい女性に、もう一杯、ジンフィーズを」

と、日下は、バーテンにいった。

日下は、自分でも、女性には優しい男だと思っている。それに、外見も悪くはなかった。背は高いほうだし、まだ髪も薄くはなっていない。腹も出ていない。それに、まあ、まあ、収入のあるほうだ。

十年間連れ添ってきた女房とは、二年前に死別し、子供もなかったから、それ以来、身軽な独身生活を楽しんできた。

女にはもてた。

だから、今夜の女にも、好かれる自信があった。

どちらが先に誘ったのか、日下も、よく覚えていない。男と女の仲というのは、そんなものだろう。

2

一時間もたたないうちに、日下と女は、意気投合した恰好《かっこう》で、その店を出て、ラブ・ホテルに向った。

女は、自分の名前を、里見由美子《さとみゆみこ》といったが、本名かどうかわからない。日下のほうから聞いたわけではなく、女が勝手に名乗ったので、ラブ・ホテルの前まで来たときには、日下は、彼女の名前は、忘れてしまっていた。

男と女の間で、名前など必要はないと、日下は、思っている。

名前が必要なのは、結婚して、戸籍を入れる時だが、今は、そんな必要はない体だった。

渋谷《しぶや》の道玄坂《どうげんざか》をあがったところに新しくできたホテルだった。

三階の部屋に通ると、女は、急に大胆になって、彼女のほうから、唇を寄せてきた。

裸になると、想像していたとおり、色白の豊かな体をしていた。抱きしめると、女は、体重を日下にあずけてきた。そのまま、二人は、ベッドに倒れ込んだ。

抱きごたえのある女だった。ひんやりとした女の肌が、心地よかった。

一合戦すませると、日下は、裸のまま、ベッドをおりて、

「ひと風呂浴びないか」

と、女にいった。

女は、とろんとした眼で、日下を見上げた。

「あなたひとりで入って来て。私は、あとで入らせてもらうわ」

「大丈夫かい？」

「何が？」

「何となく元気がないみたいだからさ」

「あんまり素晴らしかったものだから、しばらく余情を楽しんでいるのよ」

女は、ニッと笑った。

日下は、何となく自尊心をくすぐられた感じで、ニヤニヤ笑いながら、ひとりで、浴室に入った。

少しぬるめのお湯にして、湯船の中に長々と寝そべると、心地よい疲労が、日下をとらえた。

眼を閉じて、今抱いたばかりの女の感触を思い出していると、自然に、表情がゆるんでくる。

（あれほど敏感な女も珍しいな）
と、思う。乳房も敏感だし、肝心な場所は、もっと敏感だった。
（ひょっとすると、あの女は、あとを引くかもしれないな）
そんなことを考えるのも、楽しかった。
バーや、喫茶店で会った女と、ラブ・ホテルに直行したのも、今夜が初めてではない。
だが、すべて、一度きりの関係だった。
いったい、何をしている女なのだろうかと考えたのも、今度が初めてだった。
「ねえ。君」
と、日下は、湯船に寝そべったまま、声をかけた。
「君は、どこかで働いてるの？」
聞こえなかったのか、女の返事がない。
「ねえ。君い！」
と、日下は、少し声を大きくした。
だが、それでも、返事がなかった。
日下は、急に不安になって来て、あわてて、湯船を出た。
日下は、いつも、十五、六万の小遣いを財布に入れている。それを狙《ねら》われたのではないかと思ったのだ。

（引っかけたつもりが、引っかけられたのか？）

日下は、バスタオルを腰に巻いて、浴室を飛び出した。

ベッドの上で寝ているはずの女の姿は、部屋から消えてしまっていた。

（やられた！）

と、さすがに、蒼《あお》い顔になって、日下は、洋服ダンスを開け、そこにかかっている上衣《うわぎ》の内ポケットを調べた。

財布は無事だったし、中身の一万円札も、失くなってはいなかった。

日下は、ほっとした。が、落着いて、部屋の中を見廻すと、女のドレスが、そのまま、残っている。

逃げたわけではなかったのだ。

（トイレなのか――）

と、日下は、自分の早合点に、自分で照れて、ベッドに腰を下して、煙草に火をつけた。

手を伸ばして、テレビをつけてみる。

深夜映画をやっていた。ぼんやりと、それに眼を向けていたが、煙草を一本吸い終っても、女は、トイレから出て来なかった。

日下は、また不安になって来て、トイレのドアをノックしてみた。

返事がない。

思い切って、ドアを開けてみた。

女はいなかった。

3

日下は、ふと、ラブ・ホテルのベランダから、女が落ちて死んだ事件があったのを思い出した。

あれは、確か、スナックで知り合った中年男と女子大生が、ラブ・ホテルに行き、男が風呂に入っている間に、女のほうは、気分が悪くなって窓を開けてベランダに出て、八メートル下の道路に墜死した事件だった。

(よく似ている)

と、思ったとたんに、日下は、背筋に冷たいものが走るのを感じた。

救急車のサイレンの音が聞こえた。

それが、次第に大きくなってくる。

日下は、蒼い顔で、ベランダのほうを見た。

窓ガラスが、二、三十センチばかり開いている。

日下は、ベランダへ出て、下を見下した。

街灯の明りの中に、五、六人の人垣ができているのが見えた。

白い救急車が、路地に入りこんで来て止まり、担架《たんか》を持った救急隊員がおりてきた。

人垣が広がり、地面に横たわっているスリップ姿の女の姿が見えた。

ピンク色のスリップに見覚えがあった。あの女のものだ。

救急隊員が、ぐったりと動かない女の体を、担架にのせた。救急車に運び入れた。

（やっぱりか）

と、日下が思ったとたん、道路にいた二、三人の人影が、急に、日下のほうを見上げて、何か叫び始めた。

日下は、あわてて、顔を引っ込めた。

どうしたらいいかわからなかった。

あの女は、誤って、ベランダから落ちて死んだのだ。

おれには、何の責任もない。そう自分にいい聞かせても、体がふるえてくるのを、どうしようもなかった。

警察は、事故死ということでわかってくれるだろうが、怖いのは、マスコミだった。

女子大生が墜死した事件でも、新聞、とくに週刊誌は、大きく書き立てた。

あの女が、家庭の主婦ででもあったら、主婦の火遊びの果てなどということで、週刊誌が、争って書くだろう。当然、その相手をした日下のことだって書き立てるに決っている。

(逃げ出そうか)

と、思ったとき、ドアが、激しくノックされた。

ぎょっとして立ちすくんでいると、マスター・キーを使ったのか、ドアが開いて、フロントの男と、制服姿の警察官が、部屋に入って来た。

4

捜査一課の十津川警部は、部下の亀井刑事と、捜査本部の置かれた渋谷警察署で、今度の事件を、検討していた。

女は、救急車で病院に運ばれたものの、着いたときには、すでに死亡していた。

「一緒にラブ・ホテルに泊った男を呼んで来てくれ」

と、十津川は、いった。

亀井刑事が、その男を連れて来た。

中年の魅力的な男だった。

「日下信彦《のぶひこ》さんですね」

十津川は、丁寧に声をかけた。

「そうです。日下です。どうも困りました」

日下は、苦笑し、名刺を十津川にくれた。

〈日下設計事務所〉

の文字があった。

「設計のお仕事をおやりですか」

「十人ばかりの人間を使ってやっています。しかし、今度の事件が公になると、私は、彼らから大いに冷やかされます。それで、困っています」

「死んだ女性は、ハンドバッグの中の持物から、代々木《よよぎ》八幡《はちまん》に住む里見由美子さん、三十一歳とわかりました」

「そういえば、里見といっていましたね。本名だとは思っていなかったんですが
――」

「前から彼女を知っておられたんですか？」

十津川がきくと、日下は、あわてて手を振って、

「とんでもない。今夜、原宿《はらじゅく》近くのバーで、初めて会ったんです。そのことは、最初に会った警察の人に、くわしく話しましたが」

「聞いています」

「彼女は、人妻ですか？」

「そうです。医者の奥さんです」

「そいつは困ったな。スキャンダルになりかねませんね。まあ、私は独身だからいいが、死んだあの人は、きっと、マスコミに叩《たた》かれるでしょうね。子供さんは、いたんですか？」

「いや、子供さんはいませんでした」

「それは、不幸中の幸いでしたね」

「不幸中の幸い？」

「ええ。不謹慎ないい方かもしれませんが」

「確かに、不謹慎ですね」

と、十津川は、堅い表情でいった。

「これは、殺人事件ですから」

「まさか」

急に、日下の顔が、ゆがんだ。

「まさか」

と、またいった。

「彼女は、気分が悪くなって、ベランダに出ていて、誤って道路に落ちたんでしょう？　前にも、ラブ・ホテルで、ベランダから落ちて死んだ女子大生がいたじゃありませんか。こんなことをいうのはどうかと思いますが、今度の事件も、全く同じですよ。里見さんですか、彼女も、かなり酔っていましたからね。酔いをさまそうとして、ベランダに出ていて、誤って下へ落ちたんだと思いますね。他に考えようがありませんよ」

「ところが違うんですよ」

「何がですか？」

「女子大生の時は、ベランダの柵《さく》が低くて、誤って落ちる可能性は大いにあったわけです。ところが、あなたが泊ったホテルのほうは違うのですよ。柵の高さが、普通の成人の胸の高さ近くまである。死んだ里見由美子さんは、身長が一五八センチで、まあ、日本女性としては普通でしょう。とすると、あの柵の高さから考えて、誤って落ちる可能性は、ほとんどゼロです」

「じゃあ、自殺ですか？」

「ねえ。とぼけなさんなよ」

と、横から、亀井刑事が、声を荒げていった。

日下は、頬《ほお》をぴくりとさせて、亀井を見た。

「何のことです？」

「これは殺人《ころし》なんだ。そして、あんたが、殺人《ころし》の容疑者なんだ、あんたが、ベランダから突き落として殺したんじゃないのかね？」

「冗談じゃない！」

「こっちだって、冗談でいってるんじゃないよ。あんた以外に、誰が、彼女を殺せるんだ？」

「私が、どうして、彼女を殺さなければならないんです？　理由がないじゃありませんか？」

「理由は、いくらでも考えられるさ。人間は、どんなに詰らないことでも、殺せるものだからな。ラブ・ホテルに誘うことには成功したものの、部屋に入ってから喧嘩になったのかもしれんし、ホテル代のことでこじれたのかもしれん」

「私は、四十歳ですよ」

「だから、どうだというんだ？　六十九歳で逆上して女を殺した男だっているんだ」

「カメさん。そう力《りき》みなさんな」

と、十津川は、亀井を制してから、日下に向って、

「あのホテルの近くの住人で、事件のあった時刻に、女の悲鳴を聞いたという人間がいるんですよ。まあ、自殺でも、ないことはありませんが、悲鳴をあげるのは、誰か

に突き落とされた時と考えられます」

と、あくまで、丁寧な口調でいった。

まだ、日下は、容疑者の段階だということもあったし、どうしても、犯人に見えなかったからでもある。

「私は、そんな悲鳴は聞かなかった」

日下は、むっとした顔でいった。

「本当に聞かなかったのですか？」

「ええ。しかし、私は、風呂に入っていたし、湯を出しているときだったら、その音で、悲鳴は、聞こえなくなりますよ」

「犯人なら、聞いたとはいわんだろうね」

と、亀井が、強い眼で、日下を見た。

5

拘置請求が出されると、ほとんど同時に、日下の弁護士が、電話を受けて、駈《か》けつけて来た。

秋月《あきづき》という老練《ろうれん》弁護士で、十津川も、秋月の検事時代からよく知っている男である。

秋月は、捜査本部に顔を見せるなり、十津川をつかまえて、

「日下さんを拘置するなんて、君らしくもないじゃないか」

と、いった。

横で、亀井が、むっとした顔で、秋月を睨んでいる。

十津川は、微笑して、

「今のところ、彼以外に容疑者がおらんのですよ」

と、やんわりといった。

「しかし、日下さんは、立派な人物だよ。温厚な人物で、十人の部下を持つ設計事務所の主《あるじ》だ。年収も五千万円はある。知事が議長になっている都市計画委員会の委員になったこともある。そんな人物が、殺人を犯すと思うかね？」

「検事時代の秋月さんの持論は、どんなに立派な人物でも、殺人を犯す可能性があるということじゃなかったですか？　やはり、弁護士になると、見方が逆になりますか？」

「それは、皮肉かね？」

「いや、そんなつもりはありません。日下信彦についていえば、私は、事実だけを問題にしています」

「どんな事実だね？」

「今夜の午後十時頃、原宿のバー『ピエロ』で、女を拾って、渋谷のラブ・ホテル『シャトー・ナカムラ』に行ったこと、午前零時頃、スリップ姿の女がベランダから落ちて地上に激突したこと、救急車で運ばれたが死亡したこと、これらはすべて事実です。死んだ女は、里見由美子三十一歳。日下信彦も、自分が連れ込んだ女であることを認めています」

「ベランダから、誤って落ちたことは考えられないのかね？」

「ベランダの柵は、胸の高さまであるのですよ。しかも、女は、スリップ姿だったのです。柵の上へ、よじ登ったりするでしょうか？」

「じゃあ、自殺の線は？」

「ラブ・ホテルのベランダから飛びおりて自殺するなどというのは、考えられませんね。しかも、行きずりの男と一緒に入ってです」

「死んだ女のことは、まだ、よくわかっておらんのだろう？」

「住所は、代々木八幡で、医者の奥さんということだけはわかっています」

「それなら、まだ、自殺の可能性もあるわけじゃないか？　まあ、ラブ・ホテルに、他の男と一緒に入って、その場で自殺するケースは少ないだろうが、あり得ないことじゃあるまい」

秋月は、さすがに、老練な弁護士らしく、食い下ってくる。

そこへ、桜井《さくらい》刑事が来て、十津川に、

「被害者の夫が来ています」

と、耳元でいった。

十津川は、それをいい機会《しお》に、秋月には、

「署長に相談してみて下さい」

といって、席を立った。

6

里見医師は、中肉中背の目立たない感じの男だった。

ただ、眼だけは、朱《あか》く充血している。

「由美子が死んだというのは、本当なんですか?」

と、十津川を見た。

十津川は、ラブ・ホテルの三〇一号室にあったハンドバッグを、里見の前に置いた。

「それをよく見て下さい。奥さんのものですか?」

「私が去年、彼女の誕生日に買ってやったものに間違いありません」

「中もよく見て下さい」

十津川がいい、里見は、テーブルの上に、ハンドバッグの中身を取り出した。

口紅、香水、ハンカチ、それに、運転免許証など。

里見は、その運転免許証を開けて見てから、

「家内のものですよ。それより家内の遺体は、どこにあるんですか？」

と十津川を見た。

「大塚《おおつか》の監察医務院です」

「なぜ、そんなところに？」

「解剖のためです。あなたにも了承して頂かなければなりません」

「解剖って、事故死じゃないんですか？」

里見が、首をかしげた。

「いや、殺人の疑いがあるので、解剖の必要があると考えているのです」

十津川は、辛抱強く、ベランダの柵の高さや、悲鳴のことを、里見に話した。当然、ラブ・ホテルに一緒に泊った男のことも話さなければならなかった。

里見には、辛い話だったろう。十津川が話し終ったとき、里見は、俯向《うつむ》いていたが、その顔を上げて、

「すると、家内をラブ・ホテルに連れ込んだ男が、家内を殺したということですか？」

「その可能性はあると考えています」

「しかし、なぜ、家内は、そんな男と――？」

「それを、あなたにお聞きしたいですね」

「私に？」

「そうです。結婚されたのは、いつですか？」

「家内が殺されたのは、いわば、交通事故のようなものでしょう。それなのに、なぜ、私と家内の関係が問題になるんです？」

「念のために、お聞きするだけです。こうした事件の時の慣例みたいなものでしてね。それに、われわれが聞かなくても、必ず、新聞や週刊誌の質問ぜめにあいますよ」

「マスコミですか」

里見の顔色が、蒼ざめた。

「最近は、こういう事件を、争って書き立てますからね。それに、テレビも飛びついてくる」

「どうにかなりませんか？」

「われわれには、どうすることもできませんよ」

十津川は、肩をすくめた。

里見は、じっと、唇を嚙んでいるようだったが、

「家内と結婚したのは、五年前です」

と、ぽつりといった。

十津川は、相手が話す気になってくれたことに、ほっとしながら、

「お子さんは？」

と、聞いた。

「去年、四年ぶりに生れましたが、今年の二月に家が火事にあいまして、母と一緒に焼死してしまったのです」

「それは――」

「どうもそれから、私と家内の間が、しっくりいかないようになりまして――」

「なるほど」

「今日も、夕食のあとで、つまらないことで口げんかをしまして。家内は、行先も告げずに、ふらっと、家を飛び出してしまったのです」

「そんなことが、今までにも、何回かあったのですか」

「子供が死んでから、四、五回あったように覚えています。しかし、いつでも、友人の家に泊るか、実家に帰るかしていて、二、三日すると帰って来ていたんです。今夜も、同じだろうと思って、心当りに電話してみたんですが、どこにも行っていないのです。急に不安になりましてね。私も、探しに出たんですが――」

「それで、こちらから連絡したとき、いらっしゃらなかったんですね？」

「そうです。いくら探しても見つからず、疲れ切って帰宅したら、留守番電話に、警察からの連絡が入っていて、こうして、あわてて出頭したわけです」

「奥さんは、お酒に強いほうですか？」

「弱くはありませんでしたね」

「これは、ちょっと、お聞きしにくい質問なんです――が」

「わかっています。家内の男関係のことでしょう？」

「容疑者は、今夜、初めてバーで奥さんと会い、どちらから誘ったともなく、ホテルへ行ったといっています。つまり、合意の上で、ホテルへ行ったのかどうか知りたいと思いましてね。奥さんは、初めて会った男と、ホテルへ行くような女性でしたか？」

「それが、今度の事件と何か関係があるのですか？」

「容疑者が、あなたの奥さんと合意の上でなく、強引にホテルへ連れて行ったのだとすれば、殺人の他に、強要罪が加わるわけです」

「難しい質問ですね」

と、里見は、当惑した顔で、しばらく考えていたが、

「正直に答えなければいけないのでしょうね？」

「そうして頂きたいですね」

「家内は貞淑《ていしゅく》で、私以外の男には見向きもしないといえればいいのですが――」

「違うのですか？」

「生れつきとはいいませんが、男好きのところがあったことは認めます。子供が死んでからは、私の耳にも、時々、家内の浮気の噂が聞こえて来たものです。しかし、バーで初めて会った男と、ラブ・ホテルへ行ったというのはショックです。きっと、その男に、強引に誘われたんでしょう。そう考えたいですね」

「奥さんが家を出た正確な時間は、覚えていますか？」

「さあ、午後九時近くとは思いますが、はっきりしません。何しろ、私も興奮していましたから」

「わかりますよ」

「もういいですか？」

「結構です」

と、十津川はいった。

「これから監察医務院にご案内しましょう」

7

すでに、午前三時を廻っていた。

大塚の監察医務院では、遺体の解剖が終っていた。

里見は、縫《ぬ》い合され、柩《ひつぎ》におさめられた遺体と面会した。

「奥さんに間違いありませんか？」

と、十津川は、念を押した。

「間違いありません。家内の由美子です。もう、引き取って構わないでしょうね？」

「ええ。結構です」

十津川は、肯いてから、解剖した監察医務院の松原《まつばら》医師に会った。

松原は、豆タンクという綽名《あだな》のとおり、小柄だが、エネルギッシュな男で、口が悪かった。

「今度は、もうちょっと若い女性を運んで来てくれんかね」

と、松原は、煙草を吸いながら、十津川にいった。

「今日の仏さんだって、結構若くて、美人だったじゃないか」

「わたしは、三十歳以上は、女とは認めんのだ」

「ぜいたくをいいなさんな」

と、十津川は、笑ってから、

「解剖の結果を教えてもらいたいね」

「直接の死因は、頭蓋骨《ずがいこつ》の複雑骨折だね。これはひどいもので、顔立ちまで変ってしまったくらいだ。くびの骨も折れてしまっている。それに、顔を殴られたらしく、痕《あと》がついていたよ」

「殴られたか」

「そうだ。右眼の下が、あざみたいになっていたよ」

「それと、仏さんは、真っ逆さまに墜落したということだね?」

「刑事というのは、味気ないいい方をするねえ」

「事実を知りたいのでね」

「君のいうとおり、仏さんは、真っ逆さまに落ちたと考えていいよ」

「それで、自殺の線は消えたわけだ。自殺なら、足から飛びおりるんでね。とくに、今度の場合、ラブ・ホテルの三階から落下している。先生《ドクター》もご存じのとおり、ラブ・ホテルの三階なら、地上からせいぜい八メートルぐらいの高さだ」

「わたしは、ラブ・ホテルに行ったことなどないぞ」

「先月、うちのカメさんが、先生の姿を鶯谷《うぐいすだに》の旅館街で見たといっていましたがねえ」

　と、十津川は、笑ってから、

「八メートルの高さで、足から飛びおりたら、頭蓋骨がめちゃめちゃになるようなことはないだろう?」

「まあ、あり得んね」

「他には？」

「あの仏さんは、たまたま会った男に、ラブ・ホテルで殺されたんだそうだね？」

「まだ、決ったわけじゃないが、可能性が強いんだ」

「じゃあ、事件とは、関係ないかな」

「何だい？　出し惜しみしなさんなよ」

「仏さんは、妊娠していたよ」

「本当かい？」

「ああ、妊娠三ヶ月といったところだね」

「ふーん」

「可哀そうにな」

「その他に、何かこれはということは？」

「君が喜ぶようなものを見つけたよ」

「有難いね。それが、犯人の決め手になったら、奢《おご》らせてもらいますよ」

「仏さんの右手の爪の中に、人間の皮膚の小片が入っていたよ。多分、相手を引っかいた時にでも、爪の中に入ったんだろうね」

「その血液型はわかったかね？」

「今は、いい機械があるんで、肉の小片からでも、血液型は判別できるんだ」

「じらさないで、血液型を教えてくれないかな」

「AB型だ」

「間違いないね？」

「医者は正直だよ」

「それは、初耳」

と、十津川は、笑った。

「もう一つ、教えてもらいたいことがある」

「何だい？」

「仏さんは、男とラブ・ホテルへ行った。殺される直前に、男とセックスしている」

「ああ、膣内《ちつない》に、男の精液が残っていたんじゃないかといいたいんだろう？」

「そのとおりだ。どうなんだ？」

「なかったよ。つまり、男は、礼儀正しく、使うべきものを使ったということだな」

「わかった」

「おい」

「何だい？　先生《ドクター》」

「犯人が捕まったら、奢るといったのを忘れなさんなよ」

8

十津川は、車を飛ばして、捜査本部に戻った。

迎えてくれた亀井に、

「日下信彦は？」

と、聞いた。

「秋月弁護士が、連れて帰りましたよ」

「連れて帰った？」

十津川は、眼をむいた。

「署長が、許可したんです。今の状態では、日下を留置するだけの理由がないということで」

「秋月のおっさんは、検事に手を廻しやがったかな」

「何かわかったんですか？」

「ああ、いくつか重要なことがね。日下の家は、新宿だったね？」

「新宿駅に近いマンションで、彼のやっている設計事務所も、その近くにあります」

「これから、そのマンションを訪ねてみようじゃないか」

十津川は、亀井を促して、捜査本部を出た。

車を飛ばして、新宿へ向う。東の空が、ようやく明るくなって来ていた。

日下の住むマンションは、新宿西口の公園の近くにあった。

十一階建ての、真新しいマンションだった。

玄関に並ぶ郵便受けで、日下の名前を確認してから、エレベーターで、十一階にあがった。

「あの男が犯人だとすると、もう、逃げているかもしれませんね」

蛍光灯の光る廊下を歩きながら、亀井が、小声でいった。

「いや、釈放されたんで、安心しているかもしれんよ。とにかく、ベルを鳴らしてみればわかることとさ」

十津川は、一一〇四号の前に立ち、ベルを押した。

すぐには、返事がない。もう一度、押すと、

「誰だね？　こんな時間に」

という、眠そうな男の声が聞こえた。

「渋谷署で会った十津川です」

と、インターホンに向っていうと、内で物音がして、ドアが開いた。

ガウンを羽織《はお》った日下が、眼をこすりながら、

「何の用です？　取調べは、もうすんだはずでしょう？」

「急に、二、三お聞きしたいことができましてね。入って構いませんか？」

「どうぞ」

と、日下は、眠たげにいい、十津川を窓際の居間に通してくれた。

二十畳くらいはある広い部屋だった。じゅうたんが敷きつめられ、天井には、シャンデリアが輝いている。

日下は、十津川と亀井に、ソファーをすすめてから、

「何か飲みますか？」

「いや、結構です」

「私は、飲みますよ。眠気ざましにね。やっと眠ったところを起こされたんだから」

日下は、居間に設けられたホーム・バーで、ジンフィーズを作り、それを手に持って、二人の前に腰を下した。

「それで、何のご用ですか？」

「あなたの血液型を教えて頂けませんか？」

と、十津川がいった。

「血液型ですか。さあ、何型だったかな。前に一度、調べてもらったことがあったんだが、忘れてしまいましたねえ」

「本当に忘れたんですか?」

「ええ。必要なら、医者に行って調べてもらいますか」

「必要なときは、われわれが調べます。ところで、あなたは、被害者と、合意の上でラブ・ホテルに行ったといいましたね?」

「ええ。私は、無理をするのが嫌いでしてね。嫌がる女を抱くなどというのは、私の主義に反するんですよ」

「ホテルに着いてからも、喧嘩などしなかった?」

「そのとおりです。だから、私は、彼女が誤ってベランダから落ちたに違いないといったんですよ。私と彼女の間には、何のトラブルもなかったんですから」

「ちょっと裸になってくれませんか」

「え?」

日下は、面くらったように、聞き返した。

「そのガウンを脱いでくれませんか」

「私の裸なんか見ても仕方がないでしょう」

「じゃあ、令状をもらって来ましょうか?」

十津川は、ニコリともしないでいった。

日下は、そんな十津川の態度に「わかりましたよ」と、しぶしぶ、ガウンを脱いだ。

ガウンの下は、裸だった。

十津川の眼が光った。

「胸の引っかき傷は、どうしたんですか？」

「これですか」

日下は、頭をかく仕草《しぐさ》をして、

「死んだ里見由美子という女性に引っかかれたんですよ。ベッドで抱き合っていて、彼女は、すごく乱れましてね。興奮してくると、いきなり、彼女が爪を立てたんです。風呂に入って、しみて弱りましたよ。ずいぶん女と遊びましたが、こんなことは二度目です。もう一人の女には、胸に歯形をつけられましたが」

「引っかかれたのは、ベッドの中ではなく、そのあとじゃないんですか？」

「どういうことですか？　それは」

「彼女は、顔を殴られている。そして、相手の男が、引っかかれているとなると、一つの情景しか、私には浮んで来ないのですがねえ」

「嘘だ！」

「何がです？」

「私は、彼女を殴ってはいない。嘘じゃありませんよ」

「しかし、彼女は、右眼の下を殴られているんですよ」

「じゃあ、他の人間が殴ったんです。いや、ラブ・ホテルのベランダから落ちたとき、道路の石が、眼の下に当ったんじゃありませんか？」

「あの道路に、石なんか落ちていませんでしたよ」

と、十津川は、突き放すようにいってから、

「もう一度、警察へ来て頂くより仕方がありませんね」

9

日下信彦の血液型は、予期したとおり、ＡＢ型だった。

それが、決定打になった。

日下は、正式に逮捕された。

あとは、検事の起訴を待つだけである。

明日にも、捜査本部は解散というときになって、十津川は、急に、胸に引っかかってくるものを感じて、落着かなくなった。

他の刑事たちが帰ってしまった、がらんとした捜査本部で、十津川は、ひとりで、日下信彦に関する調書を読み直した。

日下は、いぜんとして、無実を主張している。

だが、十津川が引っかかるのは、そのことではなかった。今までにも、罪状否認のまま起訴された犯人は、何人もいた。

しかし、それでも、今度のように、胸に引っかかるということはなかったのだ。

読み疲れて、調書を置き、インスタント・コーヒーをいれているところへ、ふらりと、亀井が入って来た。

「傍を通りかかったら、まだ明りがついていたもんですから」

と、亀井はいった。そういえば、亀井刑事の家は、この近くだったはずである。

「一緒にコーヒーでも飲まないか」

「いいですね」

と、亀井は、笑ってから、

「どうされたんですか？　心配そうな顔をなさっていらっしゃいますが――」

「どうも、今度の事件が気に食わないんだよ。それで、改めて調書を読み直していたんだ」

「それで、何か疑問点でも出て来ましたか？」

「日下は、原宿のバーで意気投合した被害者を、渋谷のラブ・ホテルに連れて行き、いい調子で一合戦したあと、自分一人、風呂に入ったといっている。そして、風呂から出たら女の姿が消えていたという」

「それが、どうかしましたか？　どうせ、でたらめですよ」

「いいかい。これは、前に起きた女子大生の墜死事件のときの状況と全く同じなんだ」

「ええ。わかっています」

と、亀井がいった。

「日下は、女子大生事件のことを、よく知っていたんでしょう。それで、女を、ベランダから突き落としたあと、あの事件と同じように証言し、行動をとれば、事故死で片がつくと計算したんだと思いますね。ですから、彼の証言がそっくりだということは、逆に、彼の有罪を証明するものだと、私は思っています」

亀井は、明快にいい、カップに注がれたコーヒーを、美味《うま》そうに飲んだ。

確かに、そのとおりだが、それでも、十津川には、納得できないものが残ってしまう。

「日下は、インテリで、頭の切れる男だよ」

「インテリでも、殺人はやるでしょう？」

「それはそうだが、頭の切れる男が、他殺を事故死に見せるために、前に起きた事件を、なぞったり、するだろうか？」

「それは、何ともいえませんが——」

「もう一つ、奇妙なことがある」

「何ですか？」

「この調書にあるんだが、被害者の膣内に、日下の精液が入ってなかったことについて、彼は、女が、妊娠を怖がったので、部屋に常備されているコンドームを使ったといっているんだ」

「どこがおかしいんですか？　行きずりの男女なら、当然のことじゃありませんか？今の若者なら、別ですが、二人とも分別のある大人だし、特に、女のほうは人妻ですから、用心するのは、当然でしょう？」

「普通の場合ならね。ところが、被害者は、すでに妊娠していたんだ。妊娠三ヶ月だったんだ」

「――――」

「避妊の用意をする必要なんかなかったんだよ。しかも、被害者は医者の奥さんだ。まさか自分が妊娠していることに気がつかなかったわけはないだろう」

「すると、どういうことになるんですか？」

亀井が、当惑した顔で、十津川を見た。

「私にもわからんさ。だが、どこかおかしいんだ」

「どうします？」

「夜が明けたら、この事件を、もう一度調べてみたいね。君にも、手伝ってもらいたい」

「喜んでお手伝いしますが、明日になれば、起訴になってしまうんじゃありませんか？」

「それは、明日いっぱい、待ってもらうさ」

と、十津川は、いった。

「そうと決ったら、もう一度、日下信彦の話を聞いてみたいな」

10

取調室で会った日下は、疲れ切り、眼の下に、黒いクマができていた。

「私が、なぜ、こんな目にあわなきゃならんのか、全くわかりませんよ」

と、日下は、十津川に向って、溜息をついた。

十津川は、じっと、相手を見つめて、

「まだ、里見由美子を殺していないというんですね？」

「もちろんですよ。殺す理由がないじゃありませんか」

「じゃあ、もう一度、被害者と会った時のことを話して下さい」

「そうです。あなたが無実だとしても、協力してくれなければ、それを証明できない」

「それでは、私が犯人じゃないと信じてくれたんですね？」

日下の顔が、ぱっと明るくなった。が、十津川は、あくまで冷静に、

「まだ、そこまではいっていませんよ。ただ、何か引っかかるものを感じたんで、もう一度、あなたの話を聞いてみる気になっただけです」

「私は嘘はついていませんよ」

「あなたは、原宿の『ピエロ』というバーにいて、彼女と会ったんでしたね？」

「そうです」

「そのバーには、よく行くんですか？」

「時たまです」

「彼女が入って来て、あなたの隣りに腰を下した？」

「そうです」

「そこで意気投合して、ラブ・ホテルへ行ったんですね？」

「ええ」

「誘ったのは、どちらですか？」

「またですか」

「覚えていませんね。私かもしれないし、彼女かもしれない」

「渋谷道玄坂の『シャトー・ナカムラ』というラブ・ホテルは、前にも利用したことがあるんですか？」

「いや、あの夜が初めてです」

「なぜ、あのホテルにしたんです？」

「一応、どこのホテルにしたらいいか、彼女に聞いたんです。人妻らしいし、あまり遠出はできないと思ったからです。そうしたら、渋谷なら家にも近いからと、彼女がいいましてね。それで、道玄坂へ行ったら、あのホテルが、新しくて、一番目立つんです。彼女が、あのホテルが、素敵というので、入ったんですが」

「つまり、彼女が決めたということですね？」

「それが問題なんですか？」

と、日下が聞いた。十津川は、それには答えず、里見由美子の顔写真を取り出した。

「この写真を見て下さい」

「もういいですよ」

「何がいいんです？」

「死んだ女性の写真でしょう？　見たって仕方がないですよ」

「しかし、よく見てもらいたいんですよ。ひょっとすると、あなたが、ラブ・ホテルへ連れて行ったのは、別人かもしれませんからね」

「本当ですか？」

「可能性はあります」

「しかし、新聞に出ていた写真は、同じ女性でしたが――」

日下は、顔写真を手にとって、じっと見つめた。

「本当に、その人でしたか？」

「そういわれると、自信が失くなってしまいますが――」

「よく似た別人ということはありませんか？」

十津川が、重ねて聞くと、日下は、ますます困惑した顔になって、

「何しろ、お互いに酔っていましたからねえ。よく似ているとしかいえませんが」

「ベッドを共にしたとなると、彼女の裸を見ていますね？」

「ええ」

「彼女の体に、何か特徴がありませんでしたか？　手術の痕《あと》があったとか――」

「乳房の下に、一円玉ぐらいの黒っぽいアザがありましたよ。彼女が気にしていたので覚えているんです。右の乳房の下で、円いアザです」

と、日下がいい、十津川は、すぐ、監察医務院の松原医師に電話をかけた。

「まだ、奢ってもらっておらんぞ」

と、松原が、いうのへ、十津川は、苦笑しながら、

「あの時の仏さんのことだがね。体に、アザがなかったかね？」

と、聞いた。もし、何もなければ、日下が、ラブ・ホテルへ連れて行った女は、里見由美子とは別人なのだ。

「アザ？　それが大事なのかね？」

「大事だよ」

「じゃあ、正直に報告しよう。右の乳房の下に、一円玉大のアザがあったよ。黒っぽいアザだ」

「あったのか」

「何だい？　なかったほうがよかったのかね？」

「それは、絵の具か何かで描いたものじゃなかったかね？」

「おい、おい。わたしは、痩《や》せても枯れても医者だよ。描いたものと、本物のアザと区別がつかないと思うのかね」

「O・K、わかったよ」

十津川は、電話を切ると、もう一度、日下に会った。

「あなたが見たという一円玉大のアザですが、本当のアザではなくて、絵の具か何かで描いたものじゃなかったですか？」

と、十津川が聞くと、日下は、首をふって、

「私は、汗っかきでしてね。ベッドで抱き合っている時、肌が、べっとりと濡《ぬ》れましてね。彼女の胸のあたりも、汗で光っていましたよ。もし、絵の具で描いたものなら、汗で流れていたと思いますね」

「そうですか」

「まずいんですか？」

「あなたが正直だということはわかりましたよ」

と、十津川は、いった。

11

十津川は、自分の考えが、あっさりと壁にぶつかってしまったのを感じた。

「参ったよ」

と、十津川は、窓の外に広がる深夜の街の景色に眼をやりながら、亀井にいった。

「警部は、日下がラブ・ホテルに連れて行ったのは、里見由美子ではなく、よく似た別人だとお考えなわけですか？」

「里見由美子は、事故死でも、自殺でもなく、ラブ・ホテルのベランダから突き落と

とされて殺された。これだけは確かだ。ところで、ベッドを共にした日下が犯人でないとすると、彼は、真犯人によって、罠《わな》にはめられたことになる」

「そこまでは、よくわかります」

「とすれば、真犯人は、どんな手を使ったろうか？　まず、日下を、あのラブ・ホテルに誘い出す必要がある。日下の話によると、彼の話を信じるとしてのことだが、あのラブ・ホテルは、女のほうが入りたいといったのだという。被害者が、まさか誘うはずはないから、よく似た女を使って、あのラブ・ホテルに誘い出したとしか考えられない。そう考えたんだがね」

「別人という証拠はありませんでしたね」

「ないな。だが、一つだけ収穫があった」

「日下が正直だということですか？」

「そうだ。日下は、何度もいうが、頭が切れる。私が質問している間に、自分が抱いた女が、被害者と別の女だとなれば、助かるとわかったはずだ。嘘つきなら、右乳房の下に一円玉大のアザがあったなどとはいわんだろう。傷一つないきれいな肌だったといえば、私たちは、別人と考えて、捜査をしなおすに違いないからだ」

「しかし、日下が、今度のことで、事実をいったとしても、これだけでは、どうにもならんでしょう？」

「そのとおりさ。日下が正直者だというだけでは、検事は納得しないだろうからな」

「日下が無実だとすると、犯人は、いったい誰でしょう？」

「常識的に考えれば、まず、夫の里見だろうね。里見は、妻の由美子が家を飛び出したあと、街を探し歩いたと証言している。警察から、事件を知らせたとき、彼は留守で、留守番電話が応対した。つまり、アリバイがないということだよ」

「里見のことを少し調べてみますか？」

「夜が明けたら、里見医院へ行ってみようじゃないか」

朝が来て、朝食をすませたあと、十津川は、亀井を連れて、渋谷区代々木八幡にある里見医院へ出かけた。

八階建てのマンションの一階のほぼ半分を使用して、内科、小児科、レントゲン科の看板が出ている。

マンション自体も、里見家の所有だということだから、これだけでも、大きな資産といえそうである。

九時の開業時刻まで、まだ十五、六分あるのに、医院の前には、順番を待つ人が五、六人たむろしていた。なかなか、繁盛している医院なのだ。

院長でもあり、内科医でもある里見は、白衣姿で十津川たちを迎えた。

「もう、事件は終ったんじゃないんですか？」

と、里見は、当惑した顔でいい、近くにいた看護師に、

「患者には、少し待つようにいってくれ」

と、彼女を診察室の外へ出した。

「一応は終りました」

十津川は、そんないい方をした。

「一応というのは、どういうことですか？」

「亡くなった奥さんのことですが、実は、まだ公《おおやけ》にしなかったことがありましてね」

「家内が妊娠していたことなら知っていましたよ」

「ご存じでしたか」

「当然でしょう。私は、これでも医者ですからね。だから、余計、犯人が憎いんです。前にもお話したように、火事で一人息子を失いました。それだけに、私も家内も、今度の妊娠を喜んでいたんです」

「それなのに、奥さんは、なぜ、見知らぬ男とラブ・ホテルになんか行ったんでしょう？」

「きっと、日下という男が、家内を酔わせて、無理矢理、ラブ・ホテルに連れ込んだんだ。そして、抵抗されたものだから、かっとして、ベランダから突き落としたんです。他に考えられないじゃありませんか」

「ところが、違うのですよ」

「違うというのは、どういうことですか？」

　里見は、不機嫌に、眉をひそめた。

「二人をラブ・ホテルまで運んだタクシーの運転手が見つかったんですが、その証言によると、二人は、車の中でとても親しそうに見えたということです。どちらかといえば、女性のほうが、男を誘っているようだったともいっています」

「じゃあ、日下の甘い言葉に欺《だま》されたんでしょう。あの男は、なかなかのプレイボーイというじゃありませんか」

「そのとおりです。彼は財力もあり、すらりとした長身で、何よりも女性に優しい男です」

「家内は、そんな外見に欺されたんですよ。そして、ホテルに入ってから、男の本当の姿に気がついて抵抗したんです。プレイボーイとしての自尊心を傷つけられた日下は、怒って、家内をベランダから突き落とした。家内は顔を殴られていたし、日下は引っかかれていた。それが何よりの証拠じゃありませんか」

「日下という男は、女を殴るような人間じゃありませんね」

「それは、あなたの独断でしょう。もし、そうなら、なぜ、日下は、私の家内を殺したんですか？」

「彼は、殺していないのかもしれませんよ」

12

里見の顔が、蒼くなった。

「じゃあ、誰が家内を殺したというんですか?」

「あなたです」

「警部さん。世の中には、いっていいことと悪いことがありますよ」

「わかっています」

と、十津川は、微笑して、

「日下が犯人でなければ、誰が犯人かときかれたからお答えしただけですよ」

「私には、家内を殺さなければならない動機がない。そうでしょう? 私だって、自分の子供が欲しいんだ。それなのに、なぜ、妊娠した家内を殺すんです?」

「もし、奥さんの子が、あなたの子でなかったら?」

「それなら、不貞《ふてい》を理由に、離婚すればいいことです。そうでしょう? 違いますか?」

里見は、どうだという顔をした。

「確かに動機はわかりません」

と、十津川は、正直にいってから、

「だが、日下信彦が犯人でなければ、あなたが犯人だという考えは変りませんよ」

「しかし、家内をラブ・ホテルに連れ込んだのは、日下ですよ。私じゃない」

「私の推理を申し上げましょう。あなたが犯人だという」

「面白いですね。お聞きしましょう」

里見は、膝《ひざ》を組み、じっと、十津川を見すえた。

十津川は、小さく咳払《せきばら》いをした。

「あなたは、動機はわからないが、奥さんを殺すことを考えた。しかし、ただ殺したのでは、自分に疑いがかかってくる。そこで、あなたが参考にしたのが、例の、女子大生がラブ・ホテルから墜死した事件だった。スナックで会った中年男と、簡単にラブ・ホテルにつき合う女子大生の代りに、人妻というわけです。そこで、まず、奥さんによく似た女を見つけて来て、金を与え、芝居をさせた。どういう芝居かといえば、次のようなものです。夫と喧嘩をして、家を飛び出した人妻が、たまたま入ったバーで、女好きの客と意気投合して、ラブ・ホテルに行き、そこのベランダから落ちて死ぬという役ですよ。その役を演じた女を、A子としましょうか。A子は、事件当夜、原宿のバー『ピエロ』に入った。夫と喧嘩してむしゃくしゃしている人妻の役を演じるためにね。その店には、中年男の日下が、ひとりで飲んでいた。別に、日下でなくてもよかった。ひとりで飲んでいる男ならです。A子は、日下の隣りに腰を下し、それとなく、相手を誘った。里見由美子という名前も、何となく口にしておく。あなたの奥さんに似ているA子は、男にとって、なかなか魅力のある女に違いありません。女に誘われて拒否する男は、めったにいるものじゃない。日下も、A子と一緒に、ラブ・ホテルに行くことになりました。

A子は、家に近い渋谷あたりがいいといい、日下を、うまく、道玄坂のラブ・ホテル『シャトー・ナカムラ』の三階の部屋に誘い込みました。一方、あなたは、どうしていたか？　あの夜、夫婦の間で喧嘩があって、奥さんが飛び出したというのは嘘です。それなら、どうしていたか？　あなたと、奥さんの間は、あまり上手くいっていなかった。そこで、あなたは、奥さんにこういった。気分を変えるために、ラブ・ホテルに行ってみないか。ひょっとすると、結婚した頃の気持を取り戻せるかもしれないと。奥さんは承知し、あなたは、奥さんを、ラブ・ホテル『シャトー・ナカムラ』に連れて行った」

「お話としては、面白いですね」

里見は、からかうようにいった。が、十津川は構わず、言葉を続けて、

「A子のほうは、日下とベッドで抱き合うと、興奮したふりをして、日下の胸を引っ

かいた。彼女がしたことは、もう一つ、日下に向って、妊娠するのが怖いから、コンドームを使ってくれと、日下にいったことです。これは、A子自身、妊娠するのが怖かったというよりも、あなたの指示だったに違いありません。なぜなら、死ぬのは、A子ではなくて、あなたの奥さんであり、その死体の膣内に、日下の精液が入るはずがあり得ないからです。もし、A子とのセックスで、日下がコンドームを使わないで、あなたの奥さんの死体を解剖したとき、その膣内に、彼の精液が入っていなければ、日下は不審に思い、ひょっとすると別人ではなかったのかと考える恐れがあった。しかも、精液から血液型がわかりますから、あなたが、奥さんとセックスしてから殺すわけにはいかないのです。そこで、A子に、男にはコンドームを使わせろと、指示しておいた。あなたにしてみれば、万全を期したつもりでしょうが、それが、私に疑惑を抱かせたのですよ。日下が、ラブ・ホテルで抱いたのが、本物の里見由美子さんだったら、妊娠が怖いからといって、コンドームを使わせたりはしないはずだからです。あなたの奥さんは、すでに、妊娠三ヶ月だったわけですからね」

「――――」

「A子は、日下が満足して浴室に入った隙に、スリップ姿で、部屋を抜け出したのです。どこへ行ったのか？　A子は廊下に人の気配のないのを見すまして、あらかじめ決めておいたあなたと奥さんがいる部屋へ行ったのです。あなたと奥さんは、A子たちがいた三階の部屋のちょうど真上の部屋にいたのです。奥さんは、スリップ一枚で飛び込んで来たA子を見て、当然びっくりした。あなたは、そんな奥さんを、いきなり殴りつけた。眼の下を殴ったのですよ。奥さんは、気絶して床に倒れた。そこで、あなたとA子は、二人がかりで、まず、A子のピンクのスリップを、奥さんに着せる。それから、A子の爪に入っていた日下の肉片を、奥さんの爪の間に押し込む。普通の人なら難しい作業でしょうが、あなたは医者だし、ピンセットなどの器具も持っているはずです。やっと気がついた奥さんを、あなたは、A子と一緒にベランダに引きずって行き、下に突き落とした。その悲鳴を聞いた人がいるのです。奥さんは、スリップ一枚で、地上に激突し死亡しました。A子は、あなたから、あらかじめ、奥さんのハンドバッグや、運転免許証などを渡されていて、それを三階の部屋に置いて姿を消したから、死んだ奥さんは、当然、三階から墜死したと思われた。もう一つ、あのラブ・ホテルは、普通のホテルと同じで、ドアは、閉めれば自動的にロックされる仕組みになっています。日下も、浴室から出てみると、女は姿を消しているし、ドアは閉まっている。窓のほうは開いていて、下の地面でスリップ一枚の女が墜死していれば、自分と一緒に来た女が死んだと考えるに決っています。一方、A子は、あなたの奥さんの服を着て、あなたと一緒に、事件には何の関係もないカップルのふりをして、ラブ・ホテルを出て行ったのです。これが、私の推理です」

13

一瞬、重苦しい空気が、部屋に流れた。

里見が、それを破るように「馬鹿馬鹿しい」と、吐き捨てるようにいった。

「あなたのいうA子とやらが実在するのなら、連れて来たらどうですか？　それに、私には、家内を殺さなければならない理由がない。あなた自身、動機はわからないといったはずですよ。まさか、そんな夢物語を信じて、私の身辺を捜査する気じゃないでしょうね？」

「その気だといったら、どうします？」

「あなたを告訴する。これでも、私は、有力な弁護士を知っているし、政治家にも知り合いがいますからね」

「覚えておきましょう」

と、十津川は、いい、亀井を促して、診療室を出た。

外へ出たところで、亀井が、心配そうに、

「あの調子だと、告訴しかねませんよ」

「だろうね。もし、里見が無実なら、すぐ、私を告訴するだろう。だが、彼が真犯人なら、すぐには告訴して来ないはずだ。その前にしなければならないことがあるからだよ」

「被害者の代役をつとめた女を始末することですか？」

「そうだ」

「しかし、乳房の下の一円玉大のアザはどうなります？」

「作ったのさ。里見由美子に似せるためにね」

「しかし、絵の具だったら汗で落ちてしまったはずですが」

「多分、刺青《いれずみ》だろう。だから、落ちなかったんだ」

「なるほど」

「君は、できるだけ、里見という男のことを調べてくれ。特に女性関係だ」

「わかりました。警部は、どうされます？」

「里見を、ここで見張っている」

十津川一人が、道路をへだてた喫茶店に入り、亀井は、聞き込みに出かけて行った。

十津川は、窓際に腰を下し、コーヒーを注文してから、里見医院に眼をやった。

時間が、たっていくが、里見は、なかなか出て来なかった。

十二時になった。

十二時から三時までは、休診である。その間に出かけるかもしれぬと思ったが、里見は、いぜんとして、医院から出て来なかった。

夕方になり、里見が出かけるより先に、亀井が、戻って来た。

喫茶店に入って来て、十津川に向い合って腰を下すと、里見医院のほうをちらりと見やってから、

「まだ動き出しませんか？」

「まだだ。おかげで、コーヒーを三杯もお代りしたんで、お腹がごぼごぼいっているよ」

と、十津川は、笑った。

「里見は、用心しているんでしょうか？」

「だろうね。それで、何かわかったかね？」

「やはり、里見には、女がいました。この女です」

と、亀井は女の写真をポケットから取り出して十津川に見せた。

「若くて美人だねえ」

「二十二歳のスチュワーデスです。名前は中原幸子《なかはらさちこ》。実物は、もっと美人だそうです」

「しかし、よくこんな写真が手に入ったねえ」

「死んだ里見由美子の兄夫婦が目黒《めぐろ》にいるので、会って来たのです。実は、被害者は、

探偵社に頼んで、夫の女性関係を調べさせていたんです」

「ほう。すると、里見由美子は、夫の里見と、この女のことを知っていたわけかい？」

「ええ。それで、ごたごたしたらしいんですが、里見が、この女と手を切るといって、何となく、おさまっていたというのです」

「しかし、手が切れていなかったんだろうね」

「それだけじゃありません。航空会社に電話してみたところ、中原幸子は、三ヶ月前にやめて、郷里の新潟《にいがた》に帰っているんですが、それがどうも、お腹が大きくなったためらしいんです」

「里見の子か？」

「と思いますね。彼女の仲のよかった同僚のスチュワーデスに、妻のある男と関係しているのだが、男は、妻と別れて一緒になると約束してくれていると、話していたといいますから」

「それでわかったよ」

「動機がですね？」

「ああ、そうだ。それに、被害者のお腹の子が、里見の子だということもね。里見のいったとおり、それが、他の男の子だったら、不貞を理由に、離婚にもっていける。だが、自分の子では逆だ。奥さんが拒否する限り、絶対に離婚はできない。だから、殺すよりほかなくなったんだろう」

「しかし、わかりませんねえ」

「何がだい？　カメさん」

「若い女のほうに夢中になって、奥さんとは別れようと思っていた。それなのに、なぜ、奥さんを妊娠させてしまったんですかね？」

「里見夫婦は、火事で子供を失っている。それから夫婦仲がおかしくなった。里見のほうは、若いスチュワーデスにのめり込んだが、奥さんのほうは、子供が欲しいと思っていたんだろう。しかも、里見は、スチュワーデスとのことを知られて、別れると約束した。そんなときに、奥さんとセックスするのに、避妊の工夫はできないよ。その結果、里見由美子は妊娠した。彼女は、また子供ができることを喜んだろうが、逆に、里見のほうは、妊娠を知って、妻を殺すことを決意したんだろうね」

「私には、わかりませんね」

「今度は、何がわからないんだ？」

「妻と一緒に、お腹の中の子供まで殺してしまった里見の神経がです」

「私にもわからんさ」

と、十津川がいったとき、医院の前に、里見が現われた。

里見は、帽子を、目深《まぶか》くかぶっていた。

医院の前にとめてある外国のスポーツ・カーに乗り込んだ。

低い、うなるようなエンジンをひびかせて、白いスポーツ・カーが、走り出した。

十津川たちは、喫茶店を飛び出すと、ちょうど通りかかったタクシーを止めた。

十津川が、警察手帳を見せて、

「あのスポーツ・カーを追ってくれ」

と、運転手にいった。

「何か事件ですか？」

若い運転手が、スピードをあげながら、十津川に聞いた。

「ああ、そうだ」

「とすると、あのスポーツ・カーを運転してるやつが、犯人ですか？」

「黙って走らせてくれよ。見失うなよ」

「オーケイですよ」

里見の運転するスポーツ・カーは、環六から甲州《こうしゅう》街道に出て、府中《ふちゅう》方面に向った。

頭上の高速道路には入らず、下を走って行く。

次第に、夜の気配が濃くなっていった。

つつじヶ丘《おか》の近くで、甲州街道から右に曲った。

深大寺《じんだいじ》の方向に五、六分走ってから、九階建てのマンションの前で止まった。

この辺《あた》りも、高層マンションが増えている。

十津川と亀井も、タクシーを止めた。

里見が、スポーツ・カーをおり、周囲を見廻してから、マンションに入って行った。

十津川と亀井も、おくれて、中に入った。

里見が、エレベーターに乗り込む。

そのエレベーターが動き出してから、二人は、駈け寄った。

数字に、ゆっくり明りがついていき、エレベーターは、九階で止まった。

「最上階か」

「そこに、問題の女がいるということでしょうか？」

「多分そうだ」

「しかし、九階の何号室かわからないと。一部屋ずつ当っていくわけにもいきませんし」

亀井が、当惑した顔でいった。

十津川は、上衣のポケットを探していたが、一枚の写真を取り出した。

「これがあるよ」

「さっき、私がお渡ししたスチュワーデスの写真ですか？」

「いや。殺された里見由美子の写真だよ。われわれの推理が正しければ、問題の女は、里見由美子に、よく似ているはずだ」

十津川は、管理人室に行くと、そこにいた管理人に、写真を見せた。

「この人の姉妹が、このマンションの九階に住んでいるはずなんだがね」

と、十津川がいった。

「顔がよく似ているそうなんだが」

「よく見せて下さい」

と、管理人は、写真を、明りの傍へ持って行って、眺めていたが、ニッコリ笑って、

「それなら、柴崎《しばざき》さんですよ」

「柴崎？」

「ええ。柴崎きみ子《こ》さんです。この写真の方によく似ていますよ。やっぱり、姉妹なんですねえ」

「九階の何号室かね？」

「一番端の九〇九号室です」

「どうしますか？」

と、亀井が、小声で、十津川に聞いた。

「里見は、殺すとしても、どこかへ連れ出して殺すと思うんだが」

「二人が出て来るのを待ちますか？」

「いや。すぐ行ってみよう。里見は、死体にして運び出そうとするかもしれんからな」

と、十津川は、いった。

二人は、エレベーターのところへ戻った。が、一基しかないエレベーターは、九階に止まったままだった。

「里見が、止めているんだと思いますね」

亀井が、舌打ちをした。

「仕方がない。九階まで、駈け上ろう」

と、十津川は、いい、自分が先に、階段を駈けあがって行った。

三階までは、いっきに登った。が、さすがに、四階、五階となると、息が苦しくなった。だが、九階でエレベーターを止めた里見は、問題の女を殺そうとしているのかもしれないのだ。

二人が、這《は》うようにして、九階へ辿《たど》り着いた時、それまで動かなかったエレベーターが、急に下におりて行った。

「里見が乗っていました！」

と、亀井が叫んだ。

「女は？」

「女はいなかったようです。追いかけますか？」

「それより、まず、九〇九号室を調べてみよう」

十津川と亀井は、廊下を、端に向って、走った。

九〇九号室の前まで来たとき、何か、風の吹きあげるような音が聞こえた。

「何でしょう？」

と、亀井が、十津川を見た。

その時、廊下に面した窓ガラスが、突然、真っ赤に染った。

「火事だ！」

と、十津川が、叫んだ。

亀井が、ドアのノブに手をかけたが、鍵がかかっている。

「管理人に、マスター・キーをもらって来い！」

十津川が、怒鳴る。

亀井が、エレベーターのところへ、すっ飛んで行った。

里見が、火をつけて行ったに違いない。

亀井が、マスター・キーを借りて戻って来た。

ドアを開けたとたん、猛烈な勢いで、黒煙が、吹き出して来た。

十津川は、体を低くしながら、

「一一九番したか？」

「管理人が、連絡しています。中に、女がいるんでしょうか？」

「飛び込んでみよう」

二人は、煙をかいくぐるようにして、部屋に入った。

真っ赤な炎の壁が、立ちふさがった。

花模様のじゅうたんの上に、スリップ姿の女が、仰向けに倒れているのが見えた。

二人は、女の両腕をつかんで、廊下に引きずり出した。涙が、ポロポロ出て来て、止まらない。

火勢は、ますます激しくなってくるようだった。

九階の他の部屋から、三人、四人と、住人が飛び出してくる。

遠くで、消防車のサイレンの音も聞こえて来た。

廊下も、たちまち、煙が充満してくる。

人々が、争うように、階段を駈けおりて行った。転んだ子供が、悲鳴をあげた。

十津川と亀井は、ぐったりしている女の体をかつぐようにして、八階の踊り場までおりた。

そこへ、女をおろし、十津川は、手首の脈をみ、それから、胸に耳を押し当てた。

「死んでいる」

と、十津川は、いった。

「くびを絞めたんだな」

「里見は、殺してから、なぜ、火をつけたんでしょうか？」

「乳房の下のアザのためさ。この女を、奥さんの身代りにするために、一円玉大のアザを作らせた。多分、刺青でな。ところが、今度は、それが、里見の命取りになりかねなくなった。そこで、殺しておいて、火をつけたんだよ。死体を黒焦げにすれば、顔も、作ったアザもわからなくなると考えたんだろう」

十津川は、そっと、スリップをまくりあげた。

死体の右乳房の下に、一円玉大の作られたアザが、鮮やかに浮んでいた。

越前殺意の岬

1

越前《えちぜん》の永平寺《えいへいじ》は、曹洞宗《そうとうしゅう》の大本山である。

厳冬でも、修行は厳しく、素足《すあし》で動き、托鉢《たくはつ》にも出かける。

本山だけに、参拝者も多い。

観光バスや、車で、押しかけてくる。寺へ到る道路には、土産物《みやげもの》店や、食堂が並び、中には、そこだけで帰ってしまう不心得者もあるが、たいていの人々は、寺の中に入り、僧侶からの説教を聞き、僧侶たちの修行の様子に感心して、帰って行く。

老人たちのグループが多いが、中には、若い人の姿も見える。

寺の案内には、若い僧が、当たっているが、その日、十二月二日には、気になる若い女が混じっていた。

その女は、寺の中を、小さなグループで案内されて行く時、一人だけ、ぽつんと、離れて、歩いていた。

広間で、曹洞宗の教義や、人生と宗教についての説明を受けている間も、彼女は、眼を閉じて、何か、別のことを考えている感じだった。

有難い説教が終わって、そのグループが、動き出した時、彼女が、案内の若い僧の傍《そば》へ近づいて、

「ご相談したいことがあるのですけれど――」

と、小声で、いった。

その僧は、相手の美しい顔立ちに、軽い戸惑《とまど》いを覚えながら、

「どんなことでしょうか？」

「まじめに、答えて頂けるのですか？」

と、女は、きいた。

彼女は、まっすぐに、若い僧を見つめている。

「もちろん、真剣に、お答えします」

と、若い僧は、いった。

女は、しばらく、ためらっている。その間にも、グループは、先に歩いて行く。

「早く、いってくれませんか」

と、若い僧は、つい、厳しい口調になっていた。

「では、思い切って、おききしますわ」

「はい」

「私、ある人を殺したいと思っているのです。どんな時でも、人を殺すことは、許されないのでしょうか？」

「え？　人を殺す？」

若い僧の眼が、大きくなった。

「はい。人を殺したいのです」

「そんなことはいけないに、決まっています」

「でも、精神的に人を殺すことよりも、罪は、軽いと思いますわ」

と、女は、いう。

「とにかく、人を殺すことは、よくないことです。やめなさい」

「わかりました。もう、ご相談致しません」

と、女は、いった。

若い僧は、それで、この妙な相談は、すんだと思い、先に行って待っているグループのところへ、急いだ。

女は、その間に、姿を消していた。

2

日本海側の海岸といっても、景色は、一様ではない。山陰は、丸みを帯びているが、越前海岸は、鋭角である。

全てが、鋭く、とがって見える。風と波で削《けず》られた岩礁《がんしょう》は、丸くならずに、とがるのだ。それは、怖くも感じるし、痛々しく、脆《もろ》い感じもする。

十二月二日は、陽《ひ》が落ちると、寒さが厳しくなり、粉雪が舞い始めた。

だが、海から吹きつける風のため、雪は、吹き飛ばされて、積もらない。

やがて、雪が止み、一層、寒さだけが、強くなった。

気温が、低くなり、海水の温度の方が、高くなった。有名な波の花が生まれ、ぼたん雪のように、風に飛ばされて、海岸に、吹き寄せてくる。

海岸の道路を、越前岬に向かって走っていたバスが、猛烈な波の花のため、前方が、見えなくなって、とまってしまった。

運転手は、風で、吹き払われるのを、待っていた。

少なくなってくる。

ただ、落ちた波の花が道に積もってしまう。

運転手は、走って大丈夫かどうか見ようと、運転席から道路に降りて、前方を、調べることにした。

積もった波の花を、蹴飛ばして、散らす。その下に、障害物があったら、困ると思ったのだ。

まず、そんなものがあるはずがないとも思うのだが、用心深い性格だった。

最初は、まじめに、蹴飛ばしていたのだが、だんだん、乱暴になった。

最後のかたまりを、面倒くさそうに、蹴飛ばした時、足が、何か、固いものに、ぶつかった。

波の花のかたまりの下に、何かあったのだ。

運転手は、心配で、蹴散らしていたのに、いざ、それが、出てくると、びっくりしてしまった。

運転手は、気味悪そうに、自分が、蹴ってしまったものに、眼をこらした。

「運転手さん！　早く動かしてくれよ！」

と、乗客が、大声で、催促《さいそく》してくる。

それに向かって、手をあげて見せてから、運転手は眼を近づけた。

暗いので、よくわからないが、人間の身体みたいに見える。

しゃがんで、なお、眼を凝《こ》らす。

間違いなかった。人間なのだ。人間が俯せに、道路端《ばた》に、寝ているのだ。

運転手は、車に走って戻ると、懐中電灯を持って、とって返した。

「運転手さん、何してるんだ！」

と、乗客が、叫ぶ。

運転手は、懐中電灯の明かりを、寝ている人間に向けた。

コート姿の中年の男に見えた。首に巻いた赤いマフラーが、いやに鮮やかに、運転手の眼に飛び込んできた。

「どうしたんだ！」

と、いいながら、運転手は、寝ている男の肩のあたりを、ゆすった。

だが、何の反応もない。

しびれをきらしたバスの乗客が、一人、二人と、白い息を吐きながら、道路に降りて、駈け寄って来た。

「何やってるんだ？」

「早く出さんかい」

と、いいながら、のぞき込んで、一様に、黙ってしまった。

「寝てるのか？」

と、小声で、きく。

「死んでるみたいだよ」

と、運転手が、いった。

「とにかく、警察に知らせなきゃいかん」

と、乗客の一人が、いった。

「まだ、息があるかも知れんから、救急車を呼んだ方がいいんじゃないか」

と、もう一人が、いった。

反対方向から、乗用車が、走って来て、とまり、警笛を、たて続けに、鳴らした。

バスの運転手は、その車に駈け寄り、事情を話し、電話を探して、一一九番と、一一〇番、どちらかに、連絡してくれと、頼んだ。

3

パトカーと、救急車が、同時にやって来た。

まず、救急隊員が、調べ、首を横に振った。

パトカーの警官二人が、車のフロントライトの中に、横たわっている死体を、調べることになった。

救急隊員が、手伝って、死体を、仰向けにした。

三十五、六歳に見える男だった。額《ひたい》に、血が、こびりついている。コンクリートの地面に倒れて、打ちつけた時のものだろうか。

「死因が、わかりますか?」

と、警官が、救急隊員に、きいた。

「多分、打撲によるものだと思います。後頭部を、激しく、殴《なぐ》られたんだと思います」

と、救急隊員が、いった。

警官は、あわてて、死体の後頭部に、手を入れてみた。ぬるっとしたものが、指先に、伝ってくる。手を抜き出すと、血が、べったりと、ついている。

死体の髪が豊かなので、仰向けにする時、気がつかなかったのだ。

(殺人!)

という言葉が、一人の警官の頭をかすめた。

「署に連絡してくれ。殺人《ころし》事件の疑いがあると」

と、その警官が、もう一人に、いった。

いわれた方が、パトカーに戻って、無線電話に、かじりついた。

更《さら》に、三十分して、パトカー二台と、鑑識の車が、現場に、駈けつけた。

先頭の車から降りて来たのは、県警捜査一課の南《みなみ》という若い警部だった。

鑑識が、現場写真を撮っている間、南は、第一発見者の、バスの運転手から、事情聴取を始めた。

運転手は、波の花が、降り注いだために、バスを止めて、調べたことから、話した。

「波の花ね」

と、南は、呟《つぶや》いた。

まだ、時々、白い波の花が、つぶてのように、飛んで来る。

南は、それに、顔をしかめながら、

「その時、近くに、人の姿や、車を見なかった?」

と、バスの運転手に、きいた。

「何しろ、波の花が、吹雪みたいに、飛んで来て、前方が、見えなくなったので、バスをとめたんです。人間も、車も、見えませんでしたよ」

と、運転手は、いった。

南の部下の刑事たちが、死体のポケットを調べ、所持品を取り出して、南に見せた。

運転免許証

財布

ハンカチ

キーホルダー

運転免許証の名前は、笠井豊《かさいゆたか》。三十五歳。住所は、東京だった。

「観光客か」

と、南は、呟いた。

「財布の中身は、二十三万六千円。それに、キャッシュカードなど、カードが三枚入っています」

と、刑事の一人が、報告する。

「金持ちだな」

「腕時計は、コルムです。五、六十万はするものでしょう」

「物盗《と》りの犯行ではないということか」

「そう思われます」

「怨恨《えんこん》だと、犯人も、観光客かも知れないな。そうなると、限定するのが、難しい」

と、南は、眉を寄せた。

死体は、毛布に包まれ、司法解剖のために、大学病院に運ばれることになった。

南は、部下の吉田《よしだ》刑事と二人で、レンタ・カーを探すことにした。

現場に行くには、車が、一番である。バスもあるが、現場まで行って、バスから降りて、殺され、犯人も、バスに乗って逃げたというのは、考えにくい。

現場の近くに、名所、旧跡といったものは、ないからだ。

タクシーも、考えにくかった。運転手に、顔を覚えられてしまうから、タクシーを使って、現場まで行き、殺人をして、また、タクシーで戻るというのは、犯人なら、やらないだろう。

残るのは、自家用車と、レンタ・カーである。

東京から、自家用車を飛ばして来るというのも、ちょっと、考えにくい。遠過ぎるからだ。普通なら、飛行機で、金沢《かなざわ》（小松《こまつ》）まで来て、あとはレンタ・カーを、利用するというのが、一番、自然だろう。

レンタ・カーなら、越前海岸のどこでも止めて、人を殺し、逃げることが出来る。

問題は、レンタ・カーを借りた場所である。

金沢（小松）空港で、借りたのかも知れないし、より、現場に近いＪＲの福井《ふくい》駅で、借りたのかも知れない。

南は、まず、金沢（小松）空港に当たってみることにした。

あいにく、金沢（小松）空港は、南のいる福井県ではなく、石川《いしかわ》県である。向こうの県警の了解を得なければならない。

南は、福井警察署に戻り、石川県警に、越前海岸で起きた事件を話し、捜査協力を要請した。

東京からの飛行便の中に、笠井豊という客の名前はないか、空港近くの営業所で、レンタカーを借りていないかの二つの点を調べて欲しいということである。

回答は、明日になるということだった。

南は、東京の警視庁にも、被害者の経歴と、交友関係の調査を依頼した。

ただ、被害者の住所に連絡したが、電話に、誰も出ないところを見ると、家族はいないのかも知れない。

夜になって、大学病院に依頼しておいた司法解剖の結果が出た。

死因は、心臓発作である。脳挫傷《のうざしょう》は、かなり、深いもので、鈍器《どんき》のようなもので、三回から四回、強打されているという。死因が心臓発作ということは、何回も後頭部を殴られ、瀕死《ひんし》の重傷を負《お》ったが、まだ、絶命はしなかったということになる。

また、顔や、手足に傷があり、右脚が、骨折していることも、わかった。

死亡推定時刻は、十二月二日の午後五時から六時の間である。越前海岸は、すでに、暗くなりかけている時刻だった。

翌日になって、まず、石川県警から、回答が、寄せられた。

東京→金沢（小松）の飛行機は、一日八便あるのだが、十一月三十日、十二月一日、二日と、調べてみたが、乗客名簿に、笠井豊の名前はなかった。また空港周辺のレンタカー営業所で調べたが、笠井豊という名前で、車が、レンタルされた事実もないという回答だった。

もちろん、乗客名簿の中に、笠井豊の名前がないからといって、乗らなかったとは断定できない。偽名で乗ったかも知れないからである。

ただ、レンタカーの方は、本名が出るから、被害者本人が、借りてないことだけは、はっきりした。

もし、被害者が、飛行機で、来たのではないとすると、列車で、来たのだろうか？

東京からの距離は、遠いのだが、新幹線で、名古屋或るいは、米原《まいばら》まで来たあと、在来線を使えば、それほど、時間は、かからないだろう。

南は、JR福井駅周辺のレンタカー営業所を調べることにした。

列車で来たとすれば、福井駅で降りた可能性が高いと考えたからである。

こちらの方は、推理が適中して、駅前のNレンタカー営業所で、笠井豊の名前が、見つかった。

死亡した十二月二日の前日、一日の午後三時に、笠井豊の名前で、白のトヨタマークⅡが、貸し出されていることが、わかったのである。

応対した係の男は、南の質問に対して、

「間違いなく、笠井さん本人が、来られました」

と、答えた。

レンタルの期間は、十二月一日から、三日までの三日間だった。

「それで、その車は、今、何処《どこ》ですか？　今日は、三日だが」

と、南は、きいた。

「まだ、返されていません」

「借りに来た時ですが、笠井豊は、一人で来たんですか？　それとも、連れがいましたか？」

そこが、肝心だと思ったので、南は、念を押すように、強い調子できいた。

「お客さまが、お一人で来られましたし、お一人で、乗って行かれました」

と、係の青年は、答えた。

これで、二つのことが、わかったと、南は、思った。

被害者は、殺される前日に、車を借りているから、一日には、何処かで、一泊した筈である。

その場所と、ホテル、旅館が、わかれば、容疑者が、浮かんでくるかも知れない。

もう一つは、車のことである。殺人現場付近には、白のトヨタのマークⅡは、見つかっていないから、犯人は、その車で、逃亡したと考えられるのだ。車を、発見する必要がある。

南は、この二つに、全力をあげることにした。

この日の捜査会議でも、この方針は、確認された。

問題の車の写真と、ナンバーが、手配された。

十二月一日に、被害者が、何処で、泊まったか？

福井周辺には、温泉地が、多い。東京から来た観光客なら、大半は、こうした温泉地に行く。特に、今は、冬である。温泉地へ行ったと考えるのが、自然だろう。

一番近い場所としては、芦原《あわら》温泉。少し離れているが、隣りの石川県に、片山津《かたやまづ》、山代《やましろ》、山中《やまなか》といった、加賀《かが》温泉群がある。

南は、手始めに、芦原温泉に、刑事たちを行かせて、ホテル、旅館を、調べさせた。

芦原温泉は、農夫が、井戸を掘っていて、偶然、温泉が出たのが始まりというだけに、周囲を、水田に囲まれている。

風景を楽しむという温泉ではない。ただ、周辺に、東尋坊《とうじんぼう》などの名所があるので、そこへ行くための根拠地として、栄えてきたといってもいいだろう。

ホテル、旅館四十二軒、その他に、民宿などがある。

刑事たちは、その一つ一つを、笠井豊の写真を持って、訪ねて廻《まわ》った。

その結果、ホテルKで、笠井豊の名前が、見つかった。

支配人、フロント係、それに、仲居たちから話を聞く。

笠井は、十二月一日の午後四時頃に、一人でやって来て、チェック・インした。

電話で、一週間前に、予約したのだという。

宿泊予定は、十二月一日一泊だけだった。レンタカーは、三日間、借りているから、翌日の二日には、他に、泊まることを、考えていたのかも知れない。

笠井は、翌二日の午前十一時に、ホテルを、チェック・アウトしている。

「お泊まりになってから、夜、二回、東京に、お電話なさっています」

と、支配人は、いった。

その記録が、残っていた。

「外から、電話が、かかったことはありませんか？」

と、吉田刑事が、きいた。

「ありません。二回とも、お客さまが、部屋から、おかけになりました」

と、これは、フロント係が、答えた。

「部屋での様子は、どうでしたか？」

と、吉田は、仲居に、きいた。

「普通にしていらっしゃいましたよ。食事も、よくお食べになりましたし、温泉にも、何回か、お入りになって、いい湯だったよと、ニコニコしていらっしゃいました」

と、仲居は、いう。

「心配そうにしていたことはなかったかね？」

「ぜんぜん、そんな様子は、ありませんでしたけど」

と、仲居は、いった。

ホテルに訪ねて来た人もいなかったようだとも、いう。

と、すれば、犯人には、二日になって、会ったのだろう。

犯人も、東京から、二日になってやって来たのだろうか？

男だろうか？　それとも、女なのだろうか？

行方《ゆくえ》不明の車、白いトヨタのマークⅡは、なかなか、見つからなかった。

犯人は、レンタカーで、笠井と一緒に、越前海岸の現場まで行ったに違いない。そして、殺害。あとは、その車で、逃亡したのだ。何処へ逃げたのだろうか？

4

殺人現場から、北へ向かうと、有名な東尋坊に到る。

今や、東尋坊は、あまりにも有名になってしまって、食べ物店や、土産物店が並び、海には、遊覧船が、ひしめいていた。荒涼とした自然の名所という面影《おもかげ》は、なくなってしまっている。

反対に、南に下ると、呼鳥門《こちょうもん》を抜けて、越前岬に着く。

呼鳥門は、山から海に突き出した断崖に、風が大きな穴をあけ、その穴を道路が抜けている名所なのだが、そこには、近くに、店とレストランが、一軒ずつあるだけである。

ここを抜けて、越前岬へ向かう道路は、山から海に張り出した断崖の連続の中を、山際《やまぎわ》に、へばりつくように、くねくねと伸び、時には、トンネルをくぐる。へばりついているのは、道路だけではなく、点在する民家もである。

山の中腹に、白い灯台が見えてくる。越前岬灯台である。

その灯台の下あたり、海に向かって、ひときわ大きく突き出した、ごつごつした断崖が、越前岬だった。

高さ数十メートルの断崖の下には、冬の日本海の激しい波しぶきが、音を立てている。

近くには、野生の水仙の群落があるのだが、この時期、まだ、咲いていない。

空も、地面も、灰色一色に包まれたように見える季節である。

そして、時々、粉雪が舞う。それに、波の花、この二つが、唯一の彩《いろど》りといえるかも知れない。

越前岬を過ぎて、更に南に下がると、玉川《たまがわ》温泉とぶつかる。

越前海岸では、温泉は、ここだけといっていい。小さいが、ホテル、旅館が九軒あり、夏は、ここに泊まって、海水浴や、釣りに出かける観光客が多い。

真冬の今は、温泉につかり、越前ガニ（ずわいガニ）に、舌つづみを打つということになるだろう。

この玉川温泉のS旅館に、十二月二日の夜、若い女が、一人で、泊まった。

予約はしてなかったが、部屋が空《あ》いていたし、若い女を、こんな時間に、追い返すわけにもいかないということで、女将《おかみ》は、泊めることにした。

二十七、八歳だろう。

宿泊カードに、女は、東京の住所と、井上《いのうえ》かおりの名前を書いた。

「二日ほど、泊まりたい」

と、彼女は、いった。

今どきの若い女にしては、ひどく物静かな、口数の少ない客だった。

仲居が、話しかけても、乗って来ないので、話が、すぐ、途切れてしまった。

仲居が、女将に向かって、

「あのお客、自殺するんじゃありませんかね」

と、相談したほどである。

しかし、自殺もせず二日泊まって、四日の朝、出発して行った。

北陸本線の武生《たけふ》駅行のバスの時間を聞いてから出て行ったので、そのバスに乗ったのだろうと、女将は考えていた。

だが、彼女が出発して行ったあと、旅館の小さな駐車場に、白い車が一台、残っていることに、気がついた。

四台で、一杯になる駐車場の隅に、白いトヨタのマークⅡが、残っていたのである。

まだ、泊まり客が、残っていたので、きいてみたが、全員、バスで来たという。

「さっきの女のお客さんの車じゃないのかしら？」

と、女将が、いったが、自分の乗って来た車を忘れてしまうというのは、ちょっと、考えられなかった。

女が、夜、着いた時、自分の車で来たのか、バスで来たのか、調べていないので、女将にも、仲居にも、自信がない。

女将は、仲居と、ともかく、その車を調べてみた。

レンタカーだった。そのナンバーを見て、仲居が、

「この番号、警察からのビラにあったのと同じじゃありません？」

と、女将を見た。

女将は、あわてて、昨日の夕方、配られたビラを取りに、旅館の中に戻った。この番号の車を見たら、通報してくれと、旅館組合が、配《くば》って来たビラである。

車は、白のトヨタマークⅡ、レンタカーで、ナンバーは××××。

「同じだ」

と、女将は、蒼い顔で、呟いた。

5

知らせを受けて、南は、吉田刑事と、パトカーで、玉川温泉に、駈けつけた。鑑識も同行した。

鑑識が、車を調べている間、南は、旅館の女将と仲居から、話を聞いた。

「その女が、あの車で、十二月二日の夜、やって来たことは、間違いないんですか？」

と、南は、女将に、きいた。

「そうだとは、思うんですけどねえ。見ていたわけじゃないので――」

と、女将は、あまり自信がなさそうに、いった。

「しかし、おたくの駐車場でしょう？」

「ええ。でも、ご覧のように、ちょっと、離れてるんですよ。土地がなくて、離れた空地を買ったもんですから。だから、あの女の人が、玄関を開けて入って来た時、車を駐車場に置いてから来たのか、バスを降りて、来たのか、わからなかったんですよ」

と、女将は、いう。南は、次第に、いらいらしながら、

「しかし、他のお客の車じゃないんでしょう?」

と、声を強めて、きいた。

「ええ。そうなんですけど、あのお客が、バスで、帰ってしまったもので——」

「どんな女だったんですか?」

と、吉田刑事が、きいた。

南の方は、はっきりしない女将に腹を立てて、睨《にら》んでいた。

「背の高い、きれいな人でしたよ」

と、女将は、いう。

「名前は、井上かおりとありますが、これは、本人が、書いたものですか?」

吉田が、きいた。

「ええ」

「二日から泊まって、今日、出発して行ったんですね?」

「ええ。午前中に」

「何処へ行くか、いっていましたか?」

「武生行のバスに乗ると、いっていましたよ」

と、女将が、答えた時、車を調べていた鑑識の人間が、来て、南に、

「リア・シートに、血痕《けっこん》が見つかりました。かなりの量です」

と、報告した。

南の顔が、険《けわ》しくなった。

彼は、吉田刑事に、向かって、

「君は、絵が、上手かったね。女将さんと、仲居さんに協力して貰って、その女の似顔絵を、作ってくれ」

と、いった。

問題の車は、捜査本部の置かれた福井警察署に運び、血痕は、殺された笠井豊のものと、照合することになった。

南は、女将と仲居に、井上かおりの、旅館での様子を、聞いた。

「とても、大人《おとな》しい、静かな方でしたよ」

と、仲居が、いう。

「ここから、何処かへ、電話したということは？」

「ありませんわ」

「じゃあ、二日間、何をしていたんだ？」

と、南は、仲居に、きいた。

「時々、外出なさってましたけど」

「何処へ、行ったんだ？」

「いえ。海岸に出て、じっと、海を見つめてるんですよ。風が冷たくて、それに、粉雪が舞ってた時もなんです。心配しましたよ」

「カゼでも、ひくと思ったのか？」

「いえ。自殺するんじゃないかと思って、女将さんに、相談したくらいなんです」

「そんな雰囲気があったのか？」

「ええ。だから、心配したんですよ」

と、仲居は、いった。

吉田刑事に、女の顔立ちを説明していた女将が、

「交代して」

と、仲居に、いってから、南に、

「あのお客さん、何かしたんですか？」

「殺人事件に関係があるのかも知れない」

「ああ、東京から来た観光客が、殺された事件ですね？」

「そうなんだ。あの車は、殺された男が、借りたレンタカーだ」

「でも、あんな、物静かな女の人が、人殺しをするんでしょうかねえ」

女将は、小さく、首を振った。

「どんな人間だって、ちょっとした迷いから、人を殺すことがあるんだよ」

と、南は、いった。

「もし、あの女の人が、犯人なら、よほどの事情があったんでしょうね」

と、女将は、いった。

似顔絵が、出来あがった。

女将と、仲居は、よく似ているといった。

確かに、そこに描かれた女の顔は、美しかった。そして、寂しい感じがする。

南と、吉田は、その似顔絵を持って、パトカーに、戻った。

「すぐ、それを、コピーして、手配します」

と、吉田は、いった。

パトカーは、スピードを出して、捜査本部に向かう。

「この女が、犯人ですかね？」

車の中で、吉田が、きく。

「重要参考人であることは、確かだよ」

と、南が、いう。

「もし、彼女が犯人だとすると、井上かおりという名前も、当てになりませんね」

「多分、偽名《ぎめい》だろう」

「しかし、なぜ、逃げなかったんでしょうか？」

と、吉田が、いった。

「玉川温泉に、逃げたじゃないか」

「でも、殺人現場から、それほど離れていませんよ。二日あれば、日本の北でも、南でも、逃げられたでしょうに」

と、吉田は、不思議がった。

「女に、何か事情があったんだろう」

と、南は、いった。

「もし、女が、犯人としてですが――」

「まだ、疑問があるのか？」

「いえ。そうじゃありません。レンタカーのリア・シートに血痕があったということは、そこで、男を、殺したことになりますね」

「いきなり、後頭部を殴りつけたのさ。スパナでも、使ったんだろう」

「男は、海岸道路で、死んでいましたから、女は、車のリア・シートで、殴り殺してから、道路に放り出して、逃げたんでしょうか？」

と、吉田が、きいた。

「そうだな」

と、南は、考えていたが、

「違うな」

「違いますか？」

「それなら、死体は、違う場所で見つかっている筈だ。それと、被害者は、心臓発作を起こして死んだんだし、全身に傷があり、右脚を、骨折していた」

「そうです」

「それなら、こういうことが、考えられるんじゃないかね。女は、リア・シートで、男を、殴りつけた。死んだと思って、死体を、どこかへ運ぼうと、海岸道路を、車を走らせた。ところが、男は、まだ、死んでいなかった。必死になって、走る車の中で、ドアを開け、道路に飛びおりた。その時、全身を打ち、右脚を、骨折してしまった。胸だって強打したんじゃないかな。それで、心臓発作を起こして、死んだ」

「なるほど」

「女は、気付いたが、車を止めて、戻るわけにはいかない。後続車があって、見つかってしまう恐れがあるからね。それで、逃げた」

と、南は、いった。

「今の季節、車が少ないですからね。発見されるまで、時間があったのかも知れませんね」

と、吉田が、いった時、突然、頭上で、雷が、鳴った。

冬の越前海岸では、時々、雷が鳴る。そして、突然、ひょうが、降って来た。

大きなひょうが、パトカーの屋根を、猛烈な勢いで、叩《たた》く。お互いの会話が聞こえなくなるくらいの凄《すさ》まじい音だった。

これが、越前海岸の冬なのだ。

内陸部に入って、海岸から離れると、嘘のように、ひょうは止み、空が明るくなった。これも、北陸だった。

捜査本部に戻ると、東京の警視庁から、FAXが、送られて来ていた。

南は、吉田に、似顔絵のコピーを、提示しておいて、そのFAXに、眼を通した。

〈ご照会のあった笠井豊について、これまでにわかったことを、ご報告します。

笠井は、金沢の生まれで、東京の美術学校を卒業しています。彼の描く絵は、一部の人には、認められていますが、絵が、高く売れるまでにはなっていません。

ただ、笠井は、若い時から、女にもてて、彼のために、金を出そうという資産家の女性が多く、生活に困ることは、なかったようです。

二年前、四十七歳の資産家の未亡人が、自殺しました。彼女の家には、笠井の絵が、十数点あり、彼のために、パトロンの真似《まね》をしていたと思われます。なぜ、彼女が自殺したのかは不明ですが、その原因に、笠井の存在があったことは、否定できません。

笠井の友人は、画家が多いのですが、彼等にいわせると、笠井は、才能はあるのだが、その性格の冷酷《れいこく》さが、絵に表われていて、それで、絵が、売れないのではないかと、いっています。温かみのない絵だというのです。

三十五歳まで、結婚しなかった理由も、その冷たさにあるようです。

笠井が、越前に行った理由については、わかりません。以上です
警視庁捜査一課　十津川省三《しょうぞう》〉

6

永平寺には、今日も、参拝者が多い。

人々は、通用門から入り、三百円を払って、靴《くつ》を脱ぎ、中にあがる。

若い僧の案内で、仏殿や、法堂《はっとう》、それに、修行僧が座禅する僧堂などを、見て廻る。

板敷なので、しんしんと、寒い。

案内の若い僧は、参拝客の中に、いつかの客がいるのを見て、はっとした。

いきなり、人を殺したいといって、彼を驚かせた女である。

仏殿では、じっと、如来《にょらい》像を見つめている。ここには、過去、現在、未来、三世《さんぜ》の

如来が祭られている。

若い僧は、しきりに、彼女のことが気になって、案内どころではなくなってしまった。

そこで、彼女に、近寄って、

「もう、心の迷いは、消えましたか？」

と、声をかけた。

女は、三世如来像から、彼に、眼を向けた。

そのまま、黙っている。

「三日前にも、ここに来られて、人を殺すのは、どんな時でも、許されないのかと、私にきいた方でしょう？」

と、若い僧は、きいた。

「もう、いいんです」

と、女は、いった。

「それは、迷いが、なくなったということですか？」

「もう、彼は、死にましたから」

と、女は、いい、歩き出した。

「え？」

と、一瞬、絶句してから、若い僧は、あわてて、女の後を追った。

奥の法堂につながる渡り廊下のところで、追いついて、

「今のは、どういうことなんですか?」

と、女に、きいた。

女は、ほとんど、無表情に、

「私、臆病なんです」

「何のことを、いってるんですか?」

「ひとりで死ねないのは、なぜなんでしょうか?」

「死ぬなんて、考えちゃいけません」

と、若い僧が、強い調子で、いうと、なぜか女は、口元に、微笑を浮かべた。

若い僧は、自分が、馬鹿にされたような気がして、むっとしたが、女は、さっさと歩いて行き、そこにいた七、八人のグループの中に、まぎれ込んでしまった。

そうなると、彼女にだけ、話しかけるわけにもいかなかった。

気になりながら、彼女が、僧堂を抜けて、下山して行くのを見送るより、仕方がなかった。

南は、出来あがった似顔絵のコピーを、部下の刑事たちに持たせて、聞き込みに当たらせることにした。

女は、すでに、県外に出てしまっているかも知れないが、彼女の足跡を、見つけたかったのである。

7

玉川温泉から、何処へ行ったのか、まず、それが、知りたかったのだ。

鑑識から、いい知らせが入った。

白のマークⅡのリア・シートで見つかった血液は、ＡＢ型の血液型だった。それは、被害者の笠井豊のものと、一致したのである。

車の中から、凶器は、見つからなかったが、Ｎレンタカー営業所の係を呼んで、車を見て貰ったところ、スパナが一本、失《な》くなっていることが、わかった。

多分、そのスパナが、凶器だろう。

車のハンドルなどから、指紋が、検出された。

南は、その指紋を警視庁に送り、念のために、前科者カードと、照合して貰ったが、それに、該当者は、見つからなかった。

また、女が、玉川温泉の旅館で、書いた名前と住所も、東京に、照会した。

だが、南が、予測した通り、住所は、でたらめだった。恐らく、井上かおりという名前も、偽名だろう。

刑事たちの聞き込みは、なかなか、うまくいかなかった。

女の足跡が、つかめないのだ。

旅館の話では、女は、武生行のバスに乗ったという。しかし、乗ったところを、見ているわけではないのだ。

南は、東京の警視庁にも、似顔絵を、ＦＡＸで、送っておいた。

笠井豊と、関係のあった女の中に、この女がいなかったかどうか、調べて貰うつもりだった。

その返事は、まだ、来ない。

（どうも、はかばかしく、捜査が進展しないな）

と、南が、ぶつぶつ、呟いていると、電話が入った。

南が、出ると、

「永平寺の寺務所ですが」

と、相手が、いった。

「永平寺――ですか？」

南が、何の用かと、思っていると、相手は、

「修行僧の一人が、参拝者の若い女が、妙なことをいったと、しきりに気にしているのです。なんでも、人を殺しても、許される場合があるのかと、きかれたというのです」

「それは、いつのことですか？」

「十二月二日のことだそうです。その女性が、今日、また、見えたというのです」

「今日は、何といっていたんですか？」

「今日は、彼は死にましたと、いったそうです」

「すぐ、そちらに、伺《うかが》います」

と、南は、いった。

南は、吉田刑事の運転するパトカーで、永平寺に向かった。

福井の街を抜け、雪をかぶった水田の中を走る。

山あいに近づくと、永平寺という大きな看板が眼に入る。

やがて、道路沿いに、土産物屋や、食堂、それに、参拝者目当ての旅館などが、並んでいるのが、見えてくる。

南は、どうも、宗教というのが苦手で、福井に住みながら、永平寺に参拝したことは、一度もなかった。

だが、今は、そんなことは、いっていられなかった。

駐車場に、パトカーをとめ、南と、吉田は、寺務所に足を運んだ。

南が、警察手帳を見せると、問題の若い僧を、呼んでくれた。
二十五、六歳に見える修行僧だった。
南は、彼に、女の似顔絵を見せて、

「この女じゃありませんでしたか？」

と、きいた。

若い僧は、じっと、似顔絵を見ていたが、

「よく似ています」

と、いった。

「彼女が、最初に、ここにやって来たのは、十二月二日ということでしたね？」

「そうです」

「二日の何時頃でした？」

「午前十一時頃だったと思います」

「ひとりで、来たんですか？」

と、南は、きいた。

「わかりません。というのは、参拝者が、どっと、やって来て、彼女は、その中にいたからです」

と、若い僧は、いう。

「その時、あなたに、何をいったんですか？　正確な彼女の言葉を知りたいんですよ」

と、南は、いった。

若い僧は、緊張した表情で、

「そうですね。私に、相談したいことがあるといいました」

「なるほど」

「私が、どんなことですかときくと、彼女は、迷っているようでしたが、私が、更に促《うなが》すと、彼女は、こういいました。私はある人を殺したいと思っています。どんな時でも、人を殺すことは、許されませんかとです」

「それで、あなたは、何と答えられたんですか？」

「そんなことは、いけないに決まっていると、答えましたよ」

「それで、彼女は？」

「わかりました、もうご相談はしません、といって帰って行きました。それで、私は、わかって下さったと思っていたのです」

「その女性が、今日、また、来たんですね？」

「そうです」

「今日の何時頃ですか？」

「午後三時頃でした」

と、若い僧は、いう。

南は、腕時計に眼をやった。今、午後五時四十分である。

二時間四十分たってしまっているのだ。

永平寺から、京福《けいふく》電鉄で、福井まで三十五分。車なら、福井駅まで、四十分くらいだが、

（もう、県外へ、出てしまっているな）

と、南は、思った。

そう思った時、眼の前の若い僧に、腹が立ってきた。

今日、彼女が現われた時、引き止めておいて、電話してくれたら、彼女を、捕えられたのにと、思ったからである。

「それで、今日の女の様子を、詳しく話して下さい」

と、南は、自分をおさえて、きいた。

「今日、彼女が来ているのを見つけて、二日のことを思い出しました。気になって仕方がないので、彼女に、もう心の迷いは、消えましたかと、ききました」

と、若い僧は、いう。

「そうしたら、彼女は、何といったんですか?」

「こういいました。もういいんですとです。私が、更に、それは、どういう意味かと、ききました。そうしたら、もう彼は死にましたといいましたよ。びっくりしましたが、彼女が、本気でいっていたのか、冗談なのか、わからなくて、警察へ電話するのが、ためらわれたのです」

と、相手は、いった。

「もう彼は、死にましたと、いったんですね?」

「そうです」

「彼を殺しましたとは、いわなかった?」

「ええ。死にましたと、いいました」

「その他に、彼女は、何かいいましたか?」

「妙なことをいってましたね。私は、臆病で、ひとりで死ねないというようなことをです」

と、若い僧は、いった。

「その時の女の様子は、どうでした?」

と、南は、きいた。

「顔色は、少し蒼く見えましたが、冷静な感じでしたね」

と、若い僧は、いった。

南は、礼をいい、吉田刑事と、永平寺を、後にした。

参拝者の流れに逆らうように、駐車場まで歩き、パトカーに、乗り込んだ。

「どういう気なんですかね」

と、吉田が、きいた。

「何が？」

「女のことですよ。女が、犯人なら、なぜ、この永平寺にまでやって来て、人を殺してもいいでしょうかなんて、坊さんに、きいたりしたんですかね？　殺していいなんて、答える筈がないじゃありませんか」

吉田が、怒ったように、いい、パトカーを、発進させた。

「きっと、迷っていたんだろう」

と、南が、答える。

「迷ってるんなら、止《や》めればいいんですよ」

「だが、殺してしまったんだ。そう思う」

と、南は、いった。

8

その手紙が、十津川のところに廻されて来たのは、十二月五日だった。

しかし、封筒にあった消印は、一ヶ月以上前の十一月一日になっていた。

封筒の宛先《あてさき》が、「警視庁御中」となっていたため、広報に廻され、広報では、単なる警察への要望と考えて、処理してしまったのだという。

「それが、なぜ、今になって、私のところに廻って来たんだ？」

と、十津川は、封筒の差出人のところを見ながら、きいた。差出人の名前はない。

「その手紙の中に出て来る名前が、最近の事件に関係があったのを思い出して、こちらに廻して来たようです」

「何という名前だ？」

「それは、読んで下されば、わかるということでした」

「つまり、読んで、事件になるかどうか、判断しろということか」

と、十津川は、苦笑した。

とにかく、封筒から、中身を取り出し、眼を通してみることにした。

〈警視庁様

私は、どう手紙を書いていいのか、わかりませんので、勝手な形で書きます。

私は、子供ではありませんから、正義が必ず勝つとか、善良な人が、必ず幸福になるとも思っていません。むしろ、その逆が、人生の真実とは思っています。

でも、我慢が出来ない現実にぶつかれば、何とかして、それを、匡《ただ》そうとするのは、当然ではないでしょうか？

それを、警察にやって頂きたいのです。

丁度二年前の十一月一日に、世田谷区成城《せたがやせいじょう》で、本田由美《ほんだゆみ》という四十七歳の女性が死にました。自宅地下の車庫で、首を吊《つ》って、死んでいたのです。生活に疲れたという遺書があったので、自殺として、処理されてしまいました。

でも、絶対に、あれは、自殺なんかじゃありません。遺書の文字は、確かに、本人の筆跡によく似ていますが、ニセモノです。文章を、仔細《しさい》に比較すれば、別人が、書いたものだということが、わかる筈です。

彼女は、殺されたのです。殺した犯人もわかっています。笠井豊という自称、画家です。絵の才能なんかはありません。ただ、ハンサムで、女性に取り入るのがうまいだけの男です。

彼女は、資産家の未亡人で、退屈していました。

笠井は、そんな彼女の気持ちの空白と、彼女の優しさに、つけ込んで、金を出させていたのです。彼女は、笠井の画才を信じて、彼のいうがままに、お金を出して来ました。もちろん、男と女の関係も、生まれていたと思います。私が、注意しても、彼女は、笠井の才能を信じ、いつか彼を、日本一の画家にして見せるといって、聞きませんでした。

でも、笠井のでたらめな性格は、自然に、表に出てしまうものです。笠井は、彼女の印鑑を使って、勝手に預金を下ろして、使ってしまったり、彼女の家で、他の女に会ったり、次第に、本性を表わしてきて、さすがの彼女も、ようやく、笠井を、警戒するようになり、うとんじて来たのです。

笠井も、それに気付いたのです。このままでは、見捨てられてしまう。金が、自由にならなくなる。笠井が、一番恐れたのは、そのことだったと思います。笠井は、あの日も、勝手に、大金を引き出し、そのことで、彼女と、激しい口論になり、笠井は、彼女を、絞殺し、それを、自殺に見せかけて、地下の車庫に、吊るしたのです。

笠井は、そのあと、彼女の筆跡を真似て、遺書を作りあげました。腐っても画家の彼は、筆跡を真似ることぐらい、簡単だったと思います。

彼女が、笠井に失恋して、そのために、自殺したという人もいますが、これも、嘘です。彼女は、優しい女性ですが、それほど、弱い女性ではありません。それに、彼女は、あの頃、今も言ったように、笠井の俗物性に気付いて、彼から、離れようとしていたのです。従って、自殺などする筈がないのです。

ですから、お願い致します。

あれが、自殺ではなく、笠井が殺したことを、警察の力で、証明し、彼を、罰して下さい。

警察が、動いて下されば、私は、それで、満足します。

でも、警察が、いぜんとして、自殺と考えて、動いて下さらないのなら、私は、自分で笠井豊という男を、裁《さば》きます。私に、そんなことをさせないためにも、二年前の事件を、もう一度、調べて下さい。

お願い致します。〉

9

手紙の最後のところに、広報室長の、次の文字が、書き込まれていた。

〈この件は、自殺と確定済〉

広報で処理され、再捜査は、行なわれなかったのである。

十津川は、読み終わると、考え込んだ。

この手紙の中にある笠井豊と、同一人と思われる男が、十二月二日、越前海岸で、殺されている。

だからこそ、広報室は、この手紙を、捜査一課に廻して来たのだろう。

十津川は、手紙を、亀井刑事にも、見せた。

亀井が、熱心に、眼を通している。十津川は、煙草をくわえて、火をつけた。

この手紙を、どう受け止めればいいのか、とっさに判断がつかなかった。

亀井が、読み了《お》えて、眼をあげた。

「われわれが、この手紙を無視したので、手紙の主《ぬし》は、自分で、笠井豊を、殺したのでしょうか？」

と、亀井が、きいた。

「形としては、そうなっている」

と、十津川は、いった。

「しかし、二年前に、自殺として処理したものを、もう一度、調べ直せと要求する方が、無理ですよ。広報が、無視したのも、当然だと思います」

亀井は、怒ったように、いった。

「その通りだよ。だがね――」

と、十津川は、苦しげな表情になった。

「第一、この手紙の主は、絶対に、自殺ではなく、殺人《ころし》だといっていますが、それだって、勝手に息まいているだけで、自殺かも知れないのです。遺書もありましたからね」

「わかってるんだよ、カメさん」

「それに、もし、本当に、殺人《ころし》だと確信しているのなら、なぜ、匿名《とくめい》の手紙を寄越《よこ》したりしたんですかねえ。正々堂々と、名前を書いてくればいいじゃありませんか」

「それも、カメさんのいう通りなんだ。だがね――」

「警部は、何が怖いんですか?」

と、亀井は、きいた。

「そうなんだ。私は、今、怖がってる」

と、十津川は、いった。

「その手紙を貰いながら、なぜ、二年前の事件を調べ直さなかったのだと、非難されることがですか?」

と、亀井が、更に、きく。

「いや、違う。世間の非難を、怖いと思ったことは、私は、一度もない」

十津川は、きっぱりと、いった。

「でも、警部は、何か怖がっていますね」

「多分、それは、この手紙の激しい調子だと思うよ」

と、十津川は、いった。

「確かに、思いつめた調子で、書かれていることは、感じますが――」

「だから、怖いんだ」

「しかし、笠井豊は、越前海岸で、殺されてしまっていますよ。今更《いまさら》、二年前の事件を、調べ直しても、追いつきませんが――」

「わかっている」

と、十津川は、いい、考え込んでいたが、急に、

「三上本部長に、会ってくる」

と、いった。

十津川は、その手紙を持って、本部長室に、向かった。

三上は、書類に眼を通しているところだった。

十津川が、手紙のことを話すと、三上は、

「その手紙のことなら、広報から聞いているよ。内容もだ。君のところに廻したのは、

そこに書かれている笠井豊が、越前海岸で殺された男と同一人物か、確認させるためだ。向こうの県警にも、一応、知らせる必要があるだろうと、思ってね」

と、冷静な口調で、いった。

「同一人物であることは、間違いありません」

「それなら、福井県警に連絡して、それで、終わりだ。ご苦労さん」

「お願いがあります」

と、十津川は、いった。

三上は、笑って、

「どうしたんだ？　そんな怖い顔をして」

「助けて下さい」

と、十津川は、いった。

「何をいってるんだ？　何を助けるんだ？」

三上は、びっくりした顔で、きく。

「この手紙の主は、女だと思います。現に、福井県警は、犯人と思われる二十七、八歳の女を追っています」

「それで、いいじゃないか」

「彼女を助けたいのです」

と、十津川は、いった。

「君のいう意味が、わからんな。犯人なら、当然、逮捕すべきだろう。違うのかね？」

「手紙の激しい調子から見て、彼女は、笠井豊を殺したあと、自殺するつもりだと思います。まだ、死体が見つかったという知らせは、福井県警から来ていませんが、彼女は、警察に捕まるよりも、死を選ぶと思うのです。それを、助けたいのです」

と、十津川は、いった。

「助けるといって、どうすれば、助けられると思っているのかね？」

と、三上が、きいた。

「方法は、一つしかありません。われわれが、二年前の事件を、再捜査すると、発表するのです。彼女にとって、唯一の心残りは、恐らく、二年前の事件のことだと思います。もし、われわれが、再捜査すると発表すれば、彼女は、その結果を見てから死のうと思うでしょう。少なくとも、今すぐの自殺を防ぐことは、出来ます」

十津川は、熱っぽく、三上に、訴えた。

「十津川君。君は、本気で、再捜査などということを、考えているのかね？」

三上は、眉を寄せて、十津川を見た。

「それ以外に、彼女を助ける方法は、ありません」

「二年前に、自殺と断定された事件なんだよ。それを、再捜査するなんてことが、簡単に出来ると思うのかね？」

と、三上が、いう。

「難しいのは、わかっています」

と、十津川は、いい、続けて、

「しかし、私は、彼女を、自殺させたくないのです」

「自殺するとは、限らんだろう？」

「自殺します」

と、十津川は、断定するように、いった。

「なぜ、そういえるんだ？」

「手紙の調子です」

「それだけか？」

「そうです。それで、十分です」

「説得力がないな」

「しかし、彼女が、自殺し、その時、警察に対する恨《うら》み、つらみを遺書に残せば、世論は、彼女に味方し、警察は、非難の的になりますよ」

十津川は、脅《おどか》すように、いった。

三上は、黙ってしまった。一番、世論を気にする性格だったからである。

「二年前の事件を、内々で調べるわけには、いかんのかね？　それで、他殺の疑いが出て来たら、再捜査をするというのは」

「間に合いません。こうしている間にも、彼女は、越前岬から、投身自殺しているかも知れないのです」

「脅しなさんな」

「いえ、事実を申し上げています」

と、十津川は、いった。

10

三上は、決断できず、副総監のところまで、行った。

そこでも、十津川は、すぐ、再捜査を発表しなければ、手紙の主は、自殺するだろうと、訴えた。

副総監の矢木《やぎ》は、すぐには、結論は出せないと、いい、

「会議を開いてからだな」

と、いった。

十津川は、小さく、首を横に振って、

「それでは、間に合いません。会議を開いている間に、彼女は、自殺してしまいます。時間がないのです。今、すぐにでも、記者会見を開いて、発表して下さい」

「理由をきかれたら、どう答えるんだ？　女一人の命を助けるためとでもいうのかね？」

「悪くはありません。今、必要なのは、一刻も早く、再捜査を発表し、それを、彼女が、知ってくれることです」

十津川は、こうなると、頑固《がんこ》になる。

矢木副総監は、呆《あき》れたように、十津川を見て、

「具体的に、どう説明するんだ？　なぜ、二年前の事件を捜査し直すと、きかれた時にだ」

「殺人の可能性が出て来たからと、答えます」

「どんな可能性だときかれたら？」

「そこまで答えなくてもいいと思います。彼女に、警察の意志を伝えればいいのですから」

と、十津川は、いった。

「そうすれば、彼女は、自殺を思い止《とど》まると思うのか？」

「思います。彼女は、再捜査の結果を、知りたいだろうと思いますから」

「断言できるのか？」

「出来ます」

と、十津川は、いった。

「もし、再捜査をしても、自殺ということになったら、どうするんだ？」

と、矢木は、十津川に、きいた。

「私は、他殺だと信じていますが、何度もいいましたように、今は、とにかく、彼女を、死なせたくないのです。彼女は、死を決意して、越前海岸で、笠井豊を殺したと思いますから」

と、十津川は、いった。

「責任を取る覚悟があるか？」

と、矢木が、きいた。

「もちろん、あります」

と、十津川は、いった。ただ、今のところ、何に対して、責任を取るべきなのか、はっきりしていない。

今、この時間に、越前岬で、彼女は、自殺してしまっているかも知れなかったからである。

「すぐ、記者会見を開いて、二年前の事件の再捜査を発表したまえ」

と、矢木は、三上に、いった。

「そんなことを発表して、構《かま》いませんか？」

三上が、不安気《げ》に、いう。

「私も、二年前の事件に、疑問を感じ始めたんだよ」

と、矢木は、いった。

すぐ、記者会見が行なわれ、二年前の事件について、再捜査を行なうことを、三上が、発表した。

「世田谷区成城で、資産家の未亡人が、地下車庫で、首を吊《つ》った事件です。殺人の疑いが出て来たので、再捜査をすることになりました」

三上が、話すと、当然、記者たちから、質問が浴びせられた。

そのほとんどが、なぜ、急に、再捜査に踏み切るのかという理由を聞きたいというものだった。

それに対しては、十津川が、答えた。

「今はいえませんが、殺人と信じさせるに足《た》る新しい証拠が出て来たので、再捜査を開始するわけです」

「その証拠は、どういうものなんですか？」

「それは、今は、いえません。とにかく、再捜査するに足るものだということだけは、申し上げられます」

と、十津川は、いい、それで、押しまくった。

思わせぶりないい方は、苦手《にがて》なのだが、今回は、仕方がなかった。

警察が、すでに、解決ずみの事件を、再捜査することは、めったにない。それだけに、新聞は、大きく取り上げるだろう。その期待が、十津川には、あった。

十津川の予期したように、その日の夕刊に、再捜査の記事が、大きく載《の》った。

ほとんどの新聞が、皮肉まじりの書き方をしていた。

無理もない。警察が、自ら進んで、過去の事件を再捜査することなど、皆無《かいむ》に近かったからである。

それだけに、「これは驚き――」だの「記者たちは、一様に驚きの色を隠せず――」といった形容詞が、並んだ。

十津川は、どう書かれようと、構わなかった。

彼女に、こちらの意志が通じれば、良かったのだ。

彼女が、福井県警に、出頭してくれてもいいし、どこかに、隠れていても構わない。自殺しないでくれれば、良かったのだ。

「この記事を、見てくれますかね？」

と、亀井は、夕刊の記事に眼を通しながら、いった。

「笠井豊殺しの犯人が、逮捕されたとも、自首して来たとも、福井県警からは、知らせて来ないんだ。逃亡中ならば、捜査の状況は、心配になるだろうから、新聞は、見る筈だ。テレビのニュースも見るだろう」

と、十津川は、いった。

「それでは、彼女が、記事を見たとして、再捜査を進めますか」

と、亀井が、いった。

福井県警からは、笠井豊殺しの、容疑者の似顔絵が、ＦＡＸで、送られて来ていた。

「まず、この女と、二年前に死んだ本田由美との関係を知りたいね。彼女は、本田由美の仇討ちをしたつもりでいるだろうから、深い関係がある筈だ」

と、十津川は、いった。

西本刑事たちが、似顔絵のコピーを持って、聞き込みに出かけて行った。

これは、簡単に、結果が出ると、十津川は、楽観していた。あんな手紙を、警察宛に書き、仇討ちに、笠井豊を殺した女である。ただの知り合いが、そんなことをする筈がないのだ。

十津川の予想が、当たった。

西本と、日下が、帰って来て、

「最初、本田由美の娘ではないかと思っていたんですが、違いました。本田由美には、子供がいないことが、わかりました。似顔絵の女とは、血のつながりは、ありません」

「どんな関係なんだ？」

「女の名前は、井上香《かおり》です。彼女は、無名ですが、デザイナーということになっています」

と、西本がいい、日下が、それに続けて、

「本田由美は、もともと、画家になりたかったようで、資産家の未亡人になってからは、自分が、スポンサーになって、若くて、才能のある人を、援助したいという気になったんじゃないかと、思いますね。笠井豊も、その中の一人だったと、思いますが、井上香も、同じなんです。井上香は、北海道の江別《えべつ》という町の生まれで、デザイナーを志《こころざ》して上京していますが、仕事の行き詰まりと、男性関係のもつれが重なり、二十四歳の時、自殺を図っています。それを、助けたのが、たまたま、その頃、彼女の才能に惚《ほ》れて、彼女に、何着か、外出用のドレスを注文していた本田由美で、傷心の井上香を、お金を出して、パリに、留学させています」

「命の恩人だったということか？」

「命と、心の恩人じゃありませんか？　日本にいたのでは、心の痛手から、立ち直れないだろうと思って、本田由美は、井上香を、パリのデザインスクールに、行かせていますから」

「なるほどね。その井上香が、パリにいる間に、本田由美が、死んだということか？」

と、十津川が、きく。

「そうです。井上香は、それを知って、帰国しています。本田由美の葬儀に参列していますから」

と、西本が、答える。

「そのあと、彼女は、どうしたのかね？　その時は、本田由美の自殺に、疑問を持たなかったのだろうか？」

と、十津川は、きいた。

「井上香は、葬儀のあと、再び、パリに渡っていますから、その時は、疑いを持っていなかったか、或るいは、おかしいなとは思いながら、突っ込んで調べることはしなかったんだと思いますね。また、きちんと、パリで、勉強をすませることが、死んだ本田由美へのたむけになるんだと、いわれたことも、あったようです」

「そして、二年間、勉強したあと、再び、帰国したということか？」

「そうだと思います」

「二年後に、帰国してから、どうしたんだ？」

と、十津川は、きいた。

「井上香は、今年の七月に帰国しています。その後、大手の繊維メーカーに、就職しました」

「それが、なぜ、今になって、本田由美の死は、他殺だと考え、その犯人として、笠井豊を、考えるようになったんだろう？」

と、亀井が、きいた。

「今、その点を、三田村と、北条の二人が、調べていますが、今年の七月から、今日までの間に、彼女は、笠井と、つき合うようになったのではないかと、思います」

と、西本は、いった。

「証拠は、あるのか？」

「笠井の友人に、といっても、少ないんですが、きいてみたところ、笠井と、井上香が、一緒にいるところを見たという証言がありました。どちらから、近づいたのかは、今、三田村と、北条が、調べています」

「問題の手紙だが、井上香の筆跡は、手に入れたか？」

と、十津川は、きいた。

西本と、日下の二人は、井上香の女友だちが、パリの彼女から受け取ったという手紙二通を、十津川に、渡した。

確かに、見ただけでも、よく似た筆跡である。

念のために、専門家に、鑑定を依頼することにする。

一時間ほどして、三田村と、北条早苗が、帰って来た。

11

「笠井と、井上香のどちらから接近したのかは、まだ、わかりませんが、彼女が働いていたR繊維のデザイン部門の同僚の証言によると、彼女が、笠井と思われる男と、六本木あたりで、デイトしているのを、何回か、目撃されています」

と、三田村が、報告した。

「彼女が、どんな気持で、笠井とつき合っていたのか、わかるかね？」

と、十津川は、きいた。

「彼女が、会社で、机を並べている小杉《こすぎ》マキという女性に会って来ました。彼女も、同じ年代で、同じく、ヨーロッパ帰りで、気が合うので、いろいろと、お喋りをしたといっています。彼女が、井上香に、恋人のことをきいたところ、こう答えたといっています。今、つき合ってる男とは、恋じゃないの、とですわ」

と、早苗は、いった。

「その男というのは、笠井豊のことか？」

「そうです」

「恋でなく、つき合っていたということは、やはり、本田由美の死の真相を調べるためということになるんだろうね」

「そう思いますわ」

と、早苗は、いった。

十月末になって、彼女は、本田由美が、笠井豊に殺されたのではないかという疑いを持ち、あの手紙を、警視庁に、送りつけたのだろうか。

「問題は、二年前の事件だな」

と、十津川は、いった。

「何しろ、二年前のことですからね」

西本は、少しばかり、弱気になっていた。

十津川は、この事件を扱《あつか》った世田谷の成城署から、調書を取り寄せた。

一読して、最初から、自殺と決めつけて調べたことが、はっきりとわかる調書だった。

これを、訂正するのは、難しそうだった。

ただ、当時、資産五億とも、十億ともいわれていた未亡人だけに、他殺の疑いも、少しは、持ったらしい。

そのせいで、遺書も、ビニール袋に入れて、保存されていた。

調書の要旨《ようし》は、次のようなものだった。


〈本件は、十一月一日に、起きた。

朝七時、通いのお手伝いの鈴木《すずき》かな子《こ》（六〇）が、いつものように、成城の本田由美邸に行き、預かっているキーで、中に入った。

朝食の支度《したく》をすませたが、いつもなら、起きて来る筈の由美が、いつまで待っても、起きて来ない。

心配になったかな子が、家の中を探したところ、地下車庫で、首を吊って死んでいる本田由美を発見し、驚いて、警察に通報した。

成城署の刑事が、調べたところ、寝室のテーブルに、遺書を発見した。

当時、由美は、悲しいことが多いと、友人たちに、なげいていたので、それが、自殺の動機と、考えられた。

また、遺書にも、同様の文章が見られた。念のため、遺体は、司法解剖され、前日の十月三十一日午後十時から十一時までの間に死んだことが、わかり、ナイトガウン姿で死んでいた理由も、わかった。

遺書を書くのに使われたと思われるボールペンや、遺書の便箋《びんせん》からも、彼女の指紋

が採取され、自殺が、確定した。〉

問題の遺書も、封筒ごと、ボールペンと一緒に、ビニール袋に入っている。

便箋一枚に書かれた遺書にも、十津川は、眼を通してみた。

〈人生には、悲しいことばかりが多過ぎます。お金がいくらあっても、何の慰めにもなりませんでした。

私は疲れました。　さようなら
十月三十一日　　　　本田由美〉

「いやに、短い遺書ですね」

と、亀井が、いった。

「遺書なんて、たいてい、短いものさ」

と、十津川は、いった。

「この便箋にも、本田由美の指紋がついていたわけですか」

「そうだろうね」

「筆跡鑑定をしてみますか」

「いや。その前に、この調書を作った成城署の刑事に、会って、話を聞きたい」

　と、十津川は、いった。

　成城署の島崎《しまざき》という刑事が、すぐ、呼ばれた。

　五十歳近い島崎は、不機嫌《ふきげん》だった。自分が、自殺と断定した事件が、今、再捜査されているのだから、当然だろう。

「この便箋にも、本人の指紋が、ついていたんだね？」

　と、十津川が、きくと、島崎は、

「そうです。左手の指紋が、鮮明についていました。左手でおさえて、書いたということです。ボールペンからは、右手の指紋が、検出されています。本人が書いたことは、間違いありません」

　と、怒ったように、いった。

「筆跡は？」

　と、亀井が、きいた。

「眼で見て、同一人の筆跡と思いました。専門家の鑑定は、受けていませんが」

　と、島崎は、いう。

「当時、本田由美は、笠井豊とつき合っていて、経済的な援助をしていた筈なんだが、そのことは、知っていたか？」

と、十津川は、きいた。

「もちろん、知っていましたよ。しかし、警部。笠井は、本田由美を殺しても、何のトクにもならんのです。遺産は、一円も、彼には、入りませんからね。彼にしてみれば、いつまでも、彼女に生きていて貰って、金を出してくれていた方が、トクなわけです」

と、島崎は、いう。

「なるほど」

「警部。私は、やみくもに、自殺と、考えたわけではありません」

と、島崎は、文句を、いった。

「その時、笠井には、会ったのか？」

と、十津川は、きいた。

「会って、話を聞きました」

「どんな印象だったね？」

「彼は、泣いていましたね。号泣《ごうきゅう》といっていいと思います」

と、島崎は、いった。

「号泣ねえ」

「本田由美は、自分にとって、精神的にも、経済的にも、支えだった。その二つの支えを失って、これから、どうやって、生きていけばいいのか、わからなくなったといって、泣くんです」

「本当に、泣いていたのか？」

「涙を、ポロポロ流していましたよ。芸術家というのは、感情の起伏《きふく》が激しいものだなと、感心したのを、覚えています」

と、島崎は、いった。

「芸術家か」

と、十津川は、呟《つぶや》いた。

十津川は、笠井が描いたという絵を、二枚、持って来させて、見たのだが、確かに、感情の激しさを、そのまま、カンバスに、叩きつけたような絵である。ただ、優しさとか、愛とかは、全く、感じられない絵でもある。

「今でも、自殺と思うか？」

と、十津川は、島崎に、きいてみた。

「思います」

と、いうのが、島崎の答えだった。

12

どうしても、他殺の証拠がつかめない。

十津川は、焦燥《しょうそう》を感じた。

福井県警の南警部からは、井上香の遺体が見つかったという知らせは、来ないが、いつまでも、こちらが、二年前の事件について、他殺の証拠を見つけられなければ、香は、再び、警察に対して、不信感を持ち、氷の海に、身を投げてしまうかも知れない。

「何しろ、二年前の事件ですからね」

と、西本が、いった。

「だから、何だというんだ？」

十津川は、つい、声を荒らげてしまった。

西本のいうことが、もっともなのだ。刑事たちの話では、本田由美の成城の家は、すでに、売りに出されているという。それだけの年月が過ぎているということなのだ。

十津川は、答えを求めて、亀井と、その家に行ってみた。

玄関は、かたく閉ざされ、「ご用の方は、××不動産へ」と書いた看板が、立っていた。

十津川と、亀井は、そこへ電話をかけ、中に入れて貰った。

二年間、人が住んでいなかったせいで、調度品の消えた、がらんとした邸《やしき》の中は、うす汚れている。

地下の車庫にも、クモの巣が張っていた。

「駄目ですね。二年前の状況を再現するのは、難しいですよ」

と、亀井が、いった。

遺書があったという二階の寝室も、同じだった。いつでも、売却できるようにだろう。ベッドも、テーブルも、失くなっている。

「カメさんのいう通りだな。事件の再現は、出来そうもないな」

十津川は、失笑して、いった。

警視庁に戻ると、井上香の筆跡鑑定の結果が、報告されて来ていた。

十一月一日に、送られて来た投書の筆跡は、井上香のものに間違いないという報告だった。

やはり、井上香が書いたものだったかと、思ったが、これは、それで、終わりだった。二年前の事件が、殺人だという証拠にはならない。

西本と、日下には、笠井豊のマンションも調べさせた。

日記でもあって、それに、本田由美を殺したことが、告白されていればと、淡い期待を持ったのだが、そんなものは、やはり、ないものねだりだった。

西本と、日下は、帰って来ると、見つかりませんでしたと、報告した。

「その代わり、井上香と一緒に撮った写真は、何枚かありました」

と、西本はいい、その二枚を、十津川に、見せた。

一枚は、どこか、温泉地で撮ったものらしく、二人の背後で、湯けむりが、あがっている。

もう一枚は、マンションの一室で撮ったものらしく、ベッドの上で、笠井が、香の肩に、手を廻して、笑っていた。

これで、二人が、つき合っていたことは、証明されたのだ。

この時、香は、必死で、笠井が、本田由美を殺した証拠を、つかもうとしていたのだろうか？

「参ったね」

と、十津川は、呟いた。

三上本部長からは、嫌味《いやみ》をいわれた。

「これで、他殺が証明できないと、マスコミの袋叩きに遭《あ》うぞ」

と、である。

「警部。コーヒーでも、飲みに行きませんか」

と、亀井が、誘った。

十津川は、疲れた顔を上げて、

「コーヒーか」

「そうです。あまり、熱中すると、いい考えが、浮かびませんよ」

と、亀井は、笑った。

「そうだな」

と、十津川は、肯き、二人は、庁内にある喫茶室に出かけた。

コーヒーを注文する。

「カメさん。参ったよ。調べるところは、全部、調べたが、他殺の証拠なんて、ぜんぜん、出て来ない」

十津川は、いった。

「参ったなんて、警部らしくないじゃありませんか」

と、亀井が、いった。

運ばれて来たコーヒーを飲み、十津川は、煙草に、火をつけた。

「八方ふさがりだよ。それに、時間もない」

と、十津川は、いった。

「何しろ、肝心の笠井豊が、殺されてしまっていますからね」

と、亀井が、いう。

「そうなんだ。訊問《じんもん》が出来れば、矛盾点を突いて、本田由美を殺したと、いわせられるんだがね」

「何か、見落としているものが、あるのかも知れませんよ」

と、亀井が、いった。

「そんなものが、あったかな？」

「例の遺書ですが、まだ、筆跡の鑑定をしてないでしょう？」

「ああ。だがね、鑑定の結果、本田由美のものと違う可能性が出て来たとしても、だからといって、笠井豊が書いたものだという証拠にはならない。カメさんだって、筆跡鑑定の結果で、犯人と断定できないことは、知っているだろう？　証拠能力がないんだよ」

と、十津川は、いった。

「もちろん、わかっていますが――」

「これか――」

と、十津川は、ポケットから、本田由美の遺書を取り出して、テーブルの上に置いた。

短い遺書を、十津川は、何度、読み直したか、わからない。

井上香は、投書の中で「本田由美らしくない遺書だ」と、書いていたが、どう、彼女らしくないのか、十津川には、わからなかった。

それに、たとえ、彼女らしくない文章だとわかっても、それが、即、笠井豊の犯行という証拠には、ならないのだ。

もう一度、テーブルの上の遺書に、じっと、眼をやる。

その眼が、急に、鋭く光った。

「これは、何だろう？」

と、十津川は、呟く。

「何ですか？」

と、亀井が、のぞき込んできた。

「この便箋の左隅にある黒い点だよ」

十津川は、そういって、遺書を、亀井に、渡した。

遺書の言葉とは関係のない、余白の部分に、シミのような、うす黒い、小さな点が、ついているのだ。小さな一ミリほどの点だった。

「何ですかね？」

と、亀井も、首をひねった。

「それ、血じゃないか？」

と、十津川は、いった。

「血痕《けっこん》――ですか？」

亀井は、半信半疑の眼になっている。

「もし、それが、血痕だとしたら――？」

と、十津川は、呟いていたが、急に、立ち上がると、

「カメさん。行こう」

「何処へですか？」

「科研だよ」

と、十津川は、いった。

二人は、科研へ、パトカーを飛ばした。

そこで、顔見知りの田島《たじま》技官に、遺書を、というより、遺書の書かれた便箋を見せた。

「この隅についている小さなシミだが、血痕じゃないか？」

と、十津川は、田島に、きいた。

田島は、「血痕？」と、呟いてから、その便箋を、顕微鏡で、調べてくれた。

十津川は、答えが、早く欲しくて、傍から、

「まだ、わからないか？」

と、せっついた。

田島は、黙って、顕微鏡を、のぞいていたが、

「血痕らしいな」

と、いった。

「その小ささでも、血液型は、わかるか？」

「もちろん、わかるよ。今の技術は、優秀だからね。血液型が、必要なのか？」

と、田島が、眼をあげて、きいた。

「すぐ、調べてくれ」

と、十津川は、いった。

13

いつもなら、警視庁に戻って、結果を待つのだが、この日は、十津川は、科研で、待った。

なかなか、結果が出ない。

三時間以上、すぎて、やっと、田島が、顔を出した。

「わかったか？」

と、十津川の方から、声をかけた。

「わかったよ。あれは、間違いなく、血痕だ。かなり古いものだ」

田島は、落ち着いた声で、いう。

「そんなことは、わかってるんだ。問題は、血液型なんだ。B型じゃないだろうな？」

と、十津川は、いった。

「B型だと、まずいのか？」

「B型なのか？」

「いや、ABだ。AB型だよ」

と、田島は、いった。

十津川は、いきなり、田島の手を握りしめて、

「ありがとう」

「今日の君は、どうかしてるんじゃないのか？」

呆《あき》れた顔で、田島が、いう。

「いいんだ。助かったよ。いや、私じゃない。これで、人間一人、助かるかも知れないんだ」

と、十津川は、いった。

十津川と、亀井は、パトカーに乗ったが、車の中でも、十津川は、浮き浮きしていた。

「本田由美の血液型はBだ。だから、遺書についていた血痕は、彼女のものじゃない。笠井豊は、ＡＢなんだ。彼の血痕なんだよ」

と、十津川は、いった。

「笠井の血痕が、なぜ、遺書に？」

「彼は、本田由美の首を締めて殺した。その時、かなり、抵抗されたんだろう。彼女が、笠井の手首を引っかいたんじゃないかと思う。彼が、由美の筆跡をまねて、遺書を書いている時、ポツリと、血が、一滴、便箋に落ちたんだよ。笠井は、夢中で、それに気がつかなかったんだ」

十津川は、いっきに、喋った。

「しかし、気がついていたかも知れませんよ」

と、亀井が、いう。

「気がついたとしても、駄目だったんだよ」

「なぜですか？　もう一枚、遺書を書けばよかったんじゃありませんか？」

と、亀井が、いう。

「遺書を作り、その便箋に、由美の指紋をつけた。その時、一滴の血痕がついてしまったとしよう。だが、その間にも、由美の死後硬直は、どんどん、進行していく。一刻も早く、地下車庫に運び、自殺に見せかけなければならない。それが、出来なくなったら、何もかも、駄目になってしまうんだ。それで、血痕に気付いても、それには、眼をつぶったんだろうと、思うね」

と、十津川は、いった。

十津川は、警視庁に戻ると、すぐ、三上刑事部長に、報告した。

「遺書が、笠井豊によって、書かれたものであることが、判明しました。これは、間違いなく殺人で、犯人は、笠井豊です」

「そうか」

「すぐ、発表して下さい。そうすれば、井上香は、ほっとして、自首すると思います」

と、十津川は、いった。

記者会見が、開かれ、二年前の事件が、殺人であることがわかり、犯人は、越前海岸で殺された笠井豊であると、発表した。

翌日の朝刊に、大きく載った。

それを見て、十津川は、力が、抜けていくのを感じた。

これで、井上香は、自殺を、思い止まってくれるだろう。そう思ったからである。

二日後、福井県警の南警部から、電話が、入った。

「井上香が、見つかりました」

「自首して来たんですね？」

「いえ。越前岬近くで、溺死体で、発見されたんです。覚悟の自殺でした」

「バカな！」

と、十津川は、思わず、電話に向かって、叫んでいた。

なぜ、自殺なんかしたんだ。何のために、こちらで、苦労したのか？

「とにかく、そちらへ行きます」

と、十津川は、いった。

亀井と、その日の便で、金沢（小松）へ飛び、福井に向かう。

福井警察署で、南に会った。

「遺体の発見された場所へ、ご案内します」

と、南は、いい、パトカーを、越前岬へ、飛ばしてくれた。

越前の海は、相変わらず、鉛色に沈み、空が、鳴っていた。

越前岬の灯台の見えるところへ来て、南は、車をとめた。

車の外に出ると、寒い、というより、冷たく、風が、痛い。

「向こうの岩礁のところで、発見されました」

と、南は、いってから、

「遺書が、届きました。死ぬ前に、投函《とうかん》したんだと思います。宛先は、福井県警になっていましたが、十津川さんが、お読みになるのが、一番ふさわしいと思います」

と、続け、ポケットから、手紙を取り出して、十津川に渡した。

風が強いので、十津川は、パトカーに戻って、その手紙を読んだ。


〈警察の方々に、まず、お礼をいいます。

二年前の事件を、再捜査して下さって、ありがとうございます。

私の恩人の本田由美さんが、自殺する筈がないと思い、それを、お願いしました。

でも、聞き届けて下さらなかったので、自分の手で、仇を討つより仕方がないと思い、笠井を、越前海岸へ呼び出して、殺してしまいました。

その後でですが、再捜査が、始まり、私は、小さな温泉に隠れて、じっと、その結果を、待ちました。

どうしても、その結果を、知りたかったのです。二年前の事件なので、再捜査は、難しかったと思いますのに、今朝、あれが、殺人で、犯人は、笠井豊と発表されたのを、知りました。

本当に、ありがとうございます。

これで、もう、思い残すことは、ありません。安心して、死ぬことが出来ます。笠井を殺したあと、死ぬことが出来ず、自分の臆病さに、腹を立てていたのですが、今になって、わかったのは、やはり、思い残すことがあったので、死ぬことが、出来なかったという事です。向こうで、本田由美さんに、会うことがあったら、真実が明らかになったと、報告致します。

井上　香〉

十津川は、その手紙を、ポケットに、突っ込むと、もう一度、車の外に出た。

亀井と、並んで、海を見つめた。

空しい気がした。

(何が、安心して、死ねます――だ)

何のために、苦労して、再捜査をしたのだ。

全て、お前を、死なせてはいけないと、思ったからではないか。

「十津川さん。遺体を、ご覧になりますか？」

と、南が、きいた。

十津川は、海に眼をやったまま、

「いや、このまま、東京に帰ります」

と、いった。

解　説――日本各地で展開される十津川警部の熱い捜査

（推理小説研究家）山前　譲

西村京太郎氏が『天使の傷痕』で江戸川乱歩賞を受賞した一九六五年は、一回目の東京オリンピックの翌年で、さしもの高度経済成長も一転、不況を迎えていた。ミステリー界も停滞期に入っていて、西村氏の創作活動は順風満帆《じゅんぷうまんぱん》とはいかなかったようである。

しかし、一九七〇年代後半から書き下ろし長編を次々と刊行し、一九七八年に『寝台特急《ブルートレイン》殺人事件』がベストセラーとなってからは、トラベルミステリーの第一人者としてミステリー界を牽引《けんいん》する人気作家となった。二〇一七年末にはオリジナル著書が六百冊に到達している。

その中心にあるのはもちろん、十津川警部とその部下たちが活躍するシリーズだ。事件の真相を求めての精力的な捜査ぶりにはいつも驚かされる。北海道から沖縄まで、十津川らが足跡を残していない都道府県はない。本書『車窓に流れる殺意の風景』にも、ヴァラエティ豊かな舞台の四作が収録されている。

ただ、巻頭の「臨時特急を追え」（「小説現代」一九八六・六　光文社文庫『特急

「おき3号」殺人事件』収録）の事件が起こった場所は、ここで語るわけにはいかない。なぜなら、「どの列車で事故が起こるのか」が謎となっているからである。

著名な女性占師である永井不二子が、テレビ番組で、「五月上旬に、恐しいことですけど、列車事故が起きますわ」と予言した。場所は東京から見て北の方だという。その発言の真意を問いただそうとするのは、国鉄総裁秘書の北野だ。不二子の自宅を訪ねるが、間違いなく事故は起こると自信たっぷりだった。その北野から相談を受けた十津川は、北条早苗刑事に不二子のことを調べさせるのだが……。

国鉄は一九八七年三月末をもって分割民営化されたが、それまで十津川シリーズのそこかしこに登場していたのが国鉄総裁秘書の北野浩である。鉄道絡みの事件では十津川の良き相談相手だった。また、総裁宛に奇妙な手紙が届く『夜行列車《ミッドナイト・トレイン》殺人事件』や秘書室に犯人からの身代金要求の電話がある『ミステリー列車が消えた』、あるいは身代金を運ぶことになってしまった『狙われた寝台特急「さくら」』と、自らも事件にかかわってしまう。秘書もなかなか大変である。

その北野が危惧《きぐ》する列車事故は、はたして予言通り起こってしまうのか。起こるとしたらどこで？　緊迫の展開が意外な動機に収束していく。十津川シリーズでは、『殺人者は北へ向かう』、『つばさ111号の殺人』、『十津川警部　京都から愛をこめて』など、長編でも予言にまつわる事件が起こっている。

「東京―旭川《あさひかわ》殺人ルート」（「週刊小説」一九八八・二・二十&三・六　集英社文庫『東京―旭川殺人ルート』収録）はそのタイトル通り、東京と北海道の旭川を結んでの謎解きである。

深夜、西本刑事は若い女性から声をかけられる。変な男につけられているから、マンションまで送ってくれませんかと。そこは現在捜査中の殺人事件が起こったマンションだった。そして、以前、エレベーターで女性が襲われた事件があったから怖いと言われ、部屋まで送る西本だった。

翌日の捜査会議で、西本はエレベーターでのチカン騒ぎのことを十津川に報告する。被害にあった女性は郷里の北海道へ帰ってしまったという。十津川は西本に、日下刑事とともに旭川へ向かうよう命じた。ところがその旭川で殺人事件が……。

さすが都道府県でもっとも面積の広い北海道である。十津川夫妻の新婚旅行中に事件が起こる『夜間飛行《ムーンライト》殺人事件』や、今は私立探偵として登場する橋本豊の雪のなかでの壮絶な追跡劇を描く『北帰行殺人事件』を始めとして、『オホーツク殺人ルート』、『函館駅殺人事件』、『特急「おおぞら」《ハイデッカー・エクスプレス》殺人事件』、『釧路・網走殺人ルート』、『宗谷本線殺人事件』、『愛の伝説・釧路湿原』、あるいは短編「最果てのブルートレイン」など、数々の作品で舞台となってきたのに、いまだ道内すべてを巡った気がしない。

ここで舞台となっている旭川は、北海道で二番目の人口を誇る北部の中心都市だが、市立旭山動物園が話題を呼んで、近年、国内外からの観光客を増やしている。動物たちのさまざまな生態を見せる「行動展示」が注目を集めたという。もっとも刑事たちは、ご当地グルメとして有名な旭川ラーメンのほうにそそられたかもしれないが。

「夜の殺人者」（「別冊小説宝石」一九七九・九　徳間文庫『行先のない切符』収録）は、東京の夜に起こった事件だ。設計事務所を構えている日下が事件に巻き込まれているが、十津川班の日下刑事とは関係がないようだ。

その日下はバーで知り合った美女と意気投合し、渋谷《しぶや》のラブ・ホテルで関係を持つ。ところが風呂に入っている間に、姿を消してしまった。そこに救急車のサイレンが鳴り響く。ベランダから下を見下ろすと、女性が地面に横たわっていた。逃げ出そうか。そう思った時、ドアがノックされ、警官が部屋に入ってきた。十津川はさまざまな証拠から日下を逮捕した。だが、どこか胸に引っかかってくるものを感じていた……。

警視庁捜査一課に所属するだけに、当然ながら東京で起こった事件を扱うことの多い十津川である。全国各地で起こった事件も、被害者や容疑者が東京在住だったことから、十津川が捜査を進めていくことが多かった。鉄道ミステリーでは、その最初となる『寝台特急《ブルートレイン》殺人事件』がそうだったように、東京駅から出た列車で事件が起こっている場合が多い。また逆に、東京駅に着いた列車から死体が発見されたこともあった。十津川警部らは東京都内も駆け回ってきたのである。

現実に東京都内での刑法犯認知件数が全国トップクラスなのは、人口が多いから仕方がないことだろう。だが、やはり事件が起こるのは紙上だけにしてもらいたいものだ。

最後の「越前《えちぜん》殺意の岬」（「週刊小説」一九九六・一・五＆一・十九　祥伝社文庫『海を渡った愛と殺意』収録）は、新幹線が金沢《かなざわ》まで開通して何かと話題となっている北陸が舞台である。

日本海に面する越前海岸沿いの道路で、後頭部を激しく殴られた男性の死体が発見される。被害者は東京の住人で、金品を奪われた形跡はなかった。調べてみると、殺される前日、福井《ふくい》駅でレンタカーを借りていることが分かった。捜査はそのレンタカーの行方と、被害者が泊まった宿にまず絞られた。一方、永平寺《えいへいじ》では、「ある人を殺したいと思っているのです」と僧に相談する若い女性が……。

死体発見現場は東尋坊《とうじんぼう》と越前岬の中間点だった。東尋坊は安山岩の柱状節理《ちゅうじょうせつり》が形成する断崖絶壁で、柱状節理世界三大絶勝のひとつになっているという。

越前岬は日本海に緩く突出する岬で、高さ百三十メートルもの断崖がそそり立っている。また、謎の女性が訪れている永平寺は十三世紀半ばに開創された曹洞宗大本山だ。短編ながら、「越前殺意の岬」には福井県の観光名所がたっぷり織り込まれている。その付近を舞台にした長編には、『寝台特急「北陸」殺人事件』、『スーパー雷鳥殺人事件』、『十津川警部 北陸を走る』、『十津川警部 さらば越前海岸』などがある。

かつて京都に住んでいた頃は、北陸を舞台にした西村作品が多かった。現在は走っていないが、大阪発の特急「雷鳥」がいちばん好きな列車だったせいだろう。そしてもうひとつの理由は、温泉だろうか。この短編でも芦原《あわら》温泉で聞き込みをする刑事の姿がある。そして十津川の、強い意志を貫いての捜査が印象的だ。

西村京太郎氏が江戸川乱歩賞を受賞してから半世紀が経った二〇一五年は、北陸の中心都市である金沢と首都圏を結ぶ新幹線が開通する一方で、豪華な寝台特急として話題を呼んだ「北斗星」や「トワイライトエクスプレス」の廃止が大きなニュースとなった。そして二〇一六年三月には北海道新幹線が一部開業したが、同時に寝台特急の「カシオペア」が廃止されている。

そうした鉄道の変遷《へんせん》も反映しつつ、十津川警部シリーズは作品を重ねてきた。それは日本各地どこでも、ミステリーの舞台となり得ることの証明だった。十津川警部が直面する新たな事件への興味は尽きない。

二〇一五年十一月　ジョイ・ノベルス刊

本書収録の作品はフィクションであり、実在の個人および団体とは一切関係ありません。また、現在と違う名称や事実関係が出てきますが、小説作品として発表された当時のままの表記、表現にしてあります。（編集部）

実業之日本社文庫 に1 20

十《と》津《つ》川《がわ》警《けい》部《ぶ》捜《そう》査《さ》行《こう》　車窓《しゃそう》に流《なが》れる殺意《さつい》の風景《ふうけい》

2019年6月15日　初版第1刷発行

著　者　西村《にしむら》京《きょう》太《た》郎《ろう》

発行者　岩野裕一
発行所　株式会社実業之日本社
〒107-0062　東京都港区南青山5-4-30
CoSTUME NATIONAL Aoyama Complex 2F
電話 [編集]03(6809)0473 [販売]03(6809)0495
ホームページ http://www.j-n.co.jp/
印刷所　大日本印刷株式会社
製本所　大日本印刷株式会社

フォーマットデザイン　鈴木正道(Suzuki Design)

ISBN978-4-408-55483-9（第二文芸）